BVT

Eine junge Schriftstellerin sitzt an ihrem Computer. Unter dem Namen Ali sendet sie Geschichten hinaus in die Weite der virtuellen Welt und lauert als Spinne im Netz auf elektronische Beute. Sie wartet auf E-Mails ihrer Geliebten, von der sie in der realen Welt für die schnöde Realität einer Ehe verlassen wurde. So wird Ali zur Scheherazade, die in einer einzigen Nacht versucht, schreibend den tragischen Ausgang ihrer Liebesgeschichte zu verändern.
Jeanette Winterson vollbringt ein Virtuosenstück; aus der Unverbindlichkeit der Cyberworld fördert sie mit alchemistischer Gabe zu Tage, was Raum, Zeit und Identität überwinden und dadurch Dauer erlangen kann.

Jeanette Winterson, 1954 in Lancashire geboren, lebt als freie Schriftstellerin in London. Ihre Romane wurden mit zahlreichen Preisen ausgezeichnet, unter anderem mit dem Whitbread Award, dem John-Llewellyn-Rhys-Preis und mit dem E. M. Foster Award der American Academy for Arts and Letters.

Jeanette Winterson

DAS POWERBOOK

Roman

Aus dem Englischen von
Monika Schmalz

Berliner Taschenbuch Verlag

Juni 2003
BvT Berliner Taschenbuch Verlags GmbH, Berlin
Die Orginalausgabe erschien 2000 unter dem Titel
The Powerbook
bei Jonathan Cape, London

Umschlaggestaltung: Nina Rothfos und Patrick Gabler, Hamburg,
unter Verwendung des Gemäldes »Tulips«
von Charles Spencelayh (1865–1958)

Gesetzt aus der Minion und Gill Sans durch psb, Berlin
Druck & Bindung: Elsnerdruck, Berlin
Printed in Germany · ISBN 3-442-76167-0

INHALT

Sprachkostümier

Um vor Entdeckung geschützt zu sein, bleibe ich auf der Flucht. Um Dinge für mich selbst zu entdecken, bleibe ich auf der Flucht.

Es ist Nacht. Ich sitze vor meinem Bildschirm. Ich habe eine E-Mail. Ich wickle sie aus. Darin steht – *Freiheit, nur für eine Nacht.*

Vor Jahren wärst du am Ende des Nachmittags in meinen Laden gekommen, nachdem du deiner Mutter erzählt hättest, du müsstest eine Besorgung machen für die Armen.
Beim Klingeln des Glöckchens hättest du festgestellt, dass du einen Moment lang allein in dem leeren Laden bist, beim Betrachten der Rüstungen, Nonnenschleier, Feldstiefel und der Perücken, aufgespießt wie abgetrennte Köpfe.
Auf dem Schild über dem Laden steht VERDE, sonst nichts, aber alle wissen, dass im Innern irgendetwas Sonderbares vor sich geht. Leute kommen als das, was sie sind, und gehen als jemand anders. Früher, so sagt man, sei Jack the Ripper hierher gekommen.

Du stehst allein da in dem leeren Laden. Ich komme von hinten herein. Was genau willst du?
Freiheit für eine Nacht, sagst du. Die Freiheit, nur eine Nacht lang jemand anders zu sein.
Hat dich jemand reinkommen sehen?
Nein.
Dann kann ich die Jalousien runterlassen und das Licht anschalten. Die Uhr tickt, aber nur rechtzeitig. Von draußen wird es bloß bewegte Schatten geben, die hereinblicken – ein drohend herabhängender Bärenkopf, ein Messer.
Du sagst, du möchtest verwandelt werden.

Hier fängt die Geschichte an. Hier, in diesen langen DNA-Strängen des Laptops. Hier nehmen wir uns deine Chromosomen vor, 23 Paar, und verändern deine Größe, Augen, Zähne, dein Geschlecht. Dies ist eine erfundene Welt. Eine Nacht lang kannst du frei sein.

Zieh dich aus.
Zieh deine Sachen aus. Zieh deinen Körper aus. Häng sie hinter die Tür. Heute Nacht wird die Verkleidung tiefer gehen.

Es ist nur eine Geschichte, sagst du. Das stimmt, und der Rest des Lebens auch – Entstehungsgeschichte, Liebesgeschichte, Horrorgeschichte, Krimi, die sonderbare Geschichte von dir und mir.
Das Alphabet meiner DNA bildet bestimmte Wörter, doch die Geschichte wird nicht erzählt. Ich muss sie selbst erzählen.

Was genau muss ich mir eigentlich immer wieder erzählen?
Dass es immer einen neuen Anfang gibt, ein anderes Ende.
Ich kann die Geschichte verändern. Ich bin die Geschichte.

Beginn.

DATEI ÖFFNEN

Ich möchte mit einer Tulpe beginnen.

Im sechzehnten Jahrhundert wurde die erste Tulpe aus der Türkei nach Holland importiert. Ich weiß es – ich habe sie selbst getragen.
Im Jahr 1635 waren die Holländer bereits so wild auf diese fischmäulige Blume, dass ein Sammler tausend Pfund Käse, vier Ochsen, acht Schweine, zwölf Schafe, ein Bett und eine Garnitur Kleider gegen eine einzige Zwiebel eintauschte.
Was ist denn so Besonderes an einer Tulpe?
Sagen wir mal so ... Wann ist eine Tulpe keine Tulpe?
Wenn sie eine Papageitulpe ist oder geflammt. Wenn sie bunt ist oder eine Zwergtulpe. Wenn sie als Beauty's Reward oder Heart's Reviver auftritt. Wenn sie als Schlüssel zum Glück und als Traum der Geliebten auftritt ...
Tulpen, jede einzelne – und Hunderte andere –, jede für sich unverwechselbar, alle gleich. Das Merkmal der Vielfalt, die Menschen und Tulpen teilen.
Der Schlüssel zum Glück und der Traum der Geliebten waren es, die ich im Jahr 1591 von Suleiman dem Großen nach Leiden trug. Um genau zu sein, schnallte ich sie mir unter die Hose ...

»Nimm sie so.«
»Nein, dann zerdrücke ich sie beim Liegen.«
»Nimm sie so ...«
»Nein. Dann zerdrücke ich sie beim Beten.«
»Nimm eine hier und eine hier ...«
»Nein! Dann sehe ich aus, als hätte ich ein böses Geschwür.«

Nun, wo würdest du ein kostbares Paar Zwiebeln aufbewahren?

Da kam ich auf eine Idee.

An derselben Stelle wie ein kostbares Paar Eier.

Ja! Ja! Ja!

Als ich geboren wurde, kleidete mich meine Mutter als Jungen, weil sie es sich nicht leisten konnte, noch mehr Töchter durchzufüttern. Infolge der mystischen Gesetze von Geschlecht und Wirtschaftlichkeit ruiniert es einen Kleinbauern, seiner Tochter eine halbe Schüssel Feigen vorzusetzen, während sein Sohn den ganzen Baum verschlingen, ihn zu Brennholz machen und den Stumpf bepissen darf, und in den Augen seines Vaters noch immer als Segen gilt.
Als ich geboren wurde, hätte mein Vater mich gern ertränkt, doch meine Mutter überzeugte ihn, mich in Verkleidung leben zu lassen, um zu sehen, ob ich dem Haushalt nicht etwas Wohlstand bringen könnte.

Das tat ich.
So schlank bin ich und von so kleinem Wuchs, dass ich unter der Tür eines Palasts hindurchschlüpfen kann, oder zwischen Staub und Boden einer Hütte, ohne jemals entdeckt zu werden.
Ein goldener Faden, ein kurzer Wortwechsel, ein verschütteter Schluck Kaffee, ein Pfefferkorn bloß ist die Entfernung, die ich zwischen einer Seite und der anderen bin.
Ich wurde Spion.
Suleiman persönlich ernannte mich, und jetzt lautet seine Anweisung, ich solle ein Schiff besteigen und seinen Freunden, den Holländern, ein Geschenk überbringen. Ein Geschenk, das jeder skorbutische Kapitän und jeder lepröse Kaufmann wird stehlen wollen.
Wie soll ich es verbergen?
Nimm es doch so …

Meine Mutter holte festes Garn, zog es durch die natürlich abgestorbenen Zwiebelspitzen. Dann nähte sie das Ganze an einen schmalen Lederriemen und befestigte es um meine Hüften.
»Sollen die so genau in der Mitte hängen?«
(Meine Mutter ging los, meinen Vater zu begutachten.)
»Trag sie links.«
»Das ist gut. Aber irgendetwas fehlt noch.«
»Was denn?«
»Das Ding in der Mitte.«

Ich ging hinauf in die Hügel, denn hier wachsen die Tulpen so dicht wie Diebe. Ich fand einen wohlgeformten dicken Stängel, auf dem ein roter Kopf mit runden Spitzen von ansehnlicher Größe saß. Mit meinem Messer trennte ich ihn am Ansatz ab, und der Saft bedeckte meine Hände.

Zu Hause wurde die Tulpe von meiner Mutter einbalsamiert, und ein paar Tage später konnte ich sie anziehen. Etwa zwanzig Zentimeter lang, dicklich, angenehm schwer. Wir befestigten es am Mann und begutachteten das Ergebnis. Es gibt viele Legenden von Männern, die in Tiere, und von Frauen, die in Bäume verwandelt wurden, aber bisher noch keine, denke ich, von einer Frau, die durch ein wenig gartenbauliche Veredlung zum Mann wurde.

Meine Mutter kniete sich nieder und rückte mit der Nase dicht heran.

»Du riechst wie ein Garten«, sagte sie.

•••

Die Sonne ging auf. Das Schiff hisste die Segel. Ich hob die Arme und winkte und winkte. Dann rückte ich mir meine Tulpe zurecht und ging unter Deck.

Anscheinend träumte ich von Büffeln, die die Ufer klarer Flüsse trübten, die hinabstürzten in Betten aus Brunnenkresse. Es gab kristallin kandierte Apfelsinen auf einem Tisch in der Sonne und kleine Tassen von süßem Kaffee und die kleinen Werkstätten und Webschuppen unserer Stadt.

Frauen standen an den Straßenrändern, die hart gekochte Eier und hausgemachte Dolmas verkauften, während ihre Kinder einfache Matten woben und ihre Männer Holz-

kohle ausluden oder Tabak verpackten, oder bei Nikolaus dem Pfandleiher ein und aus gingen.
Ich träumte, ich hätte einen Acker gepflügt und der Storch sei mir gefolgt und hätte die umgewendete Erde begutachtet und an den marschigen Rändern auf einen Frosch gewartet.
Auf dem Basar kamen die kupfernen Töpfe herein, gestapelt auf Ochsenkarren. Eifrige Hände breiteten sie auf schattigen Teppichen aus, um die Flecken mit einem Tuch wegzupolieren. Sämtliche Töpfe waren verschlossen – so kann der Dschinn nicht entweichen, und kein Türke würde einen Topf ohne Dschinn kaufen.
Ob bescheiden oder prachtvoll, alles Hergestellte muss die Erinnerung an das mit sich tragen, was nicht hergestellt werden kann. Im gesponnenen Stoff, im getöpferten Steingut, im geschmiedeten Topf und in der silbernen Dose ist Allah – der Geist Gottes in den Dingen der Welt.
Atom und Traum.

Ich erwachte von einem Rasseln. Das einzige Licht in meiner Kabine ging von einem Docht in einem Krug Öl aus. Ich nahm ihn vom Regalbrett über meiner Hängematte und sah hinunter. Ich hatte einen hölzernen Eimer mit Wasch- und Trinkwasser gefüllt und meinen metallenen Becher an einer Kette im Eimer hängen lassen. Eine langhaarige Ratte stieß den Becher von einer Seite zur anderen und trank daraus.

Als einziger zahlender Passagier auf dem Gewürzschiff wurde ich am Morgen eingeladen, mit dem Kapitän zu

frühstücken. Er bot mir Brathähnchen an und das scharf gebackene Brot seiner Frau, übersät mit Kürbiskernen.
Er war ein Mann von Welt und ein weltlicher Mann, der aus dem Handel mit den Engländern Profit schlug, indem er regelmäßig das Zinn, das grobe Leinen und die Munition an Bord nahm, die der Sultan für seine Armeen benötigte, und dafür die Juwelen und Luxusgüter, die die Engländer so liebten.
Zinn gegen Gold und Blei gegen Rubine zu tauschen mag sonderbar scheinen, aber daran ist der Papst schuld. Der Papst, nicht einer, sondern viele Päpste, der ultimative immerwährende Papst schlechthin hatte seiner Herde verweigert, mit den Ungläubigen Handel zu treiben, und da seine Herde ganz Europa war, hatte das Osmanische Reich Schwierigkeiten, seine Kriegsmaschinerie zu versorgen. Dann, im Jahr 1570, exkommunizierte der Papst schließlich Königin Elisabeth und ihre Untertanen. Nun waren wir alle Ungläubige, und der Tauschhandel zwischen Großbritannien und dem Osten nahm seinen Lauf.

Der Kapitän war in Istanbul aufgewachsen. Sein Geist bestand aus Minaretten und Kuppeln. Er bedeckte den Kopf mit geräumiger Lässigkeit. Er war sein eigener Ruf zum Gebet.
»Hab Vertrauen«, riet er mir. »Hab selbst in deine Fehler Vertrauen. Mit Allah gibt es keinen falschen Weg. Es gibt nur den Weg, den du nehmen musst.«
»Und wenn der Weg nach Nirgendwo führt?«
Er zuckte mit den Achseln. »Mach aus Nirgendwo ein Irgendwo.«

Er lächelte. »Du bist jung. Du hast Hoffnungen und Ängste, aber keine Erfahrung. Du weißt nicht, dass die vergoldeten Paläste und die Souks nicht wirklich existieren. Und so sollte es auch sein. Du wirst in dieser Welt leben, als wäre sie wirklich, bis sie nicht länger wirklich ist, und dann wirst du wissen, wie ich, dass all deine Abenteuer und Besitztümer, all deine Verluste und alles, was du geliebt hast – dies Gold, dies Brot, die grüngläserne See –, Dinge waren, die du so sicher geträumt hast wie Büffel und Brunnenkresse.«

»Schlafe ich immer?«

»Weder schläfst du, noch wachst du. Nur der Körper schläft und wacht. Der Geist bewegt sich durch sich selbst.«

»Und wenn ich tot bin?«

»Nur der Körper lebt und stirbt.«

Er warf sein Hühnerskelett ins Meer.

Ein Tier versteckt sich, um seine Haut zu retten. Als der Kapitän ausgiebig über Bord pisste, schützte ich Seekrankheit vor und hockte mich hinter ein aufgerolltes Seil.

Ich weiß einiges über Verkleidungen. Ich verkleide mich vor Räubern. Ich verkleide mich vor Umständen. Die Camouflagen, die ich benutze, sind aufwändig, aber ich weiß, was sie sind. Sogar mein Körper ist heute verkleidet.

Aber was, wenn mein Körper die Verkleidung ist? Was, wenn Haut, Knochen, Leber, Adern die Accessoires sind, mit Hilfe derer ich mich verberge? Ich habe sie angezogen und kann sie nicht ausziehen. Bin ich dadurch gefangen oder befreit?

»Ali!«
Es war der Kapitän.
»Ich will dir die Geschichte von Antiochia erzählen …
Niemand, der heute nach Antiochia kommt, kann sich vorstellen, dass es einmal eine Zeit gab, in der die Menschen in den mamornen Bibliotheken lasen und die Grenzen des Daseins am Beispiel der Brunnen auf dem Platz erörterten.
Und doch war es so.
Niemand, der auf seinem Esel durch den roten Staub der windzerbröselten Felsen reitet, kann sich vorstellen, dass es einmal eine Zeit gab, in der Frauen hier in Teichen badeten, die so tief waren wie das Licht, und Süßwasserfische im Schatten des Aquädukts ihre Bahnen zogen.
Und doch war es so.
Hin und wieder, auf Reisen durch Täler, so einsam, dass ein Adler kaum bestehen kann, habe ich Schiffe von rotem Porphyr aus Ägypten gesehen, und einen steinernen Sarkophag, der heute von den Ziegenhirten benutzt wird. Am allertraurigsten ist die Wüste von Pisidian Antiochia, einst der Schauplatz einer Stadt von Handel und Bildung, jetzt kaum mehr ein Friedhof.
Antiochia war eine Stadt des Aquädukts. Seine steinernen Bögen bezwangen Hügel wie Ebenen, um Wasser aus einem fernen Felstunnel heraufzuziehen. Dies glitzernde Leben wurde wieder zu sich zurück getragen und ergoss sich über seine Ernten und Stadtbewohner, bis beide florierten. Man sagt, dass die Wasser von Antiochia Blinde heilen und Jungfrauen in Versuchung führen konnten. Palmen wuchsen höher als Türme.

So war es.
Eine Zivilisation, die auf einem Aquädukt gebaut ist, setzt sich Gefahren aus. Während ihre Menschen essen und trinken, lesen und diskutieren, muss jemand den Leben spendenden Bogengang verteidigen. Versagt derjenige, schläft derjenige, kann ein einziger Barbar mit einer Spitzhacke die Gedanken trockenlegen.
Ohne einen Becher Wasser kann niemand nachdenken. Die Träume der Sterbenden können nicht gewässert werden. Die Welt geht zu Ende, und man selbst mit ihr, um sich wieder in die Gedankenwelt Gottes zurückzuziehen.
Die Barbaren zerschmetterten die marmornen Straßen und benutzten die Platten als Schafhürden. Glänzende Säulen, auf Schiffen herangebracht und von Ochsen gezogen um der Herrlichkeit des Tempels willen, wurden niedergerissen, um waagerecht als Wandstützen eingelassen zu werden. Vögel nisteten sich in den trockenen Schalen der öffentlichen Brunnen ein. Die Barbaren stellten ihre Zelte auf und schöpften das Wasser mit den Händen. Das genügte ihnen. Deswegen waren sie gekommen.
Im zerbrochenen Aquädukt von Antiochia liegt die Geschichte des Niedergangs von Ephesus, von Miletus, von Pergamon und anderen stolzen Städten Kleinasiens, die einst unter den großen Namen der Welt glänzten.«
Ich sagte: »Wer waren die Barbaren?«
Der Kapitän sagte: »Du. Die Türken zerstörten den Aquädukt nach Antiochia.«
Ich war wütend. Ich sagte: »Die Türken sind keine Barbaren.«
Er betrachtete mich mit scharfem Blick. »Es gibt immer

eine Stadt. Es gibt immer eine Zivilisation. Es gibt immer einen Barbaren mit einer Spitzhacke. Manchmal ist man selbst die Stadt, manchmal ist man selbst die Zivilisation, doch um selbst zu dieser Stadt, zu dieser Zivilisation zu werden, nahmst du einst die Spitzhacke und zerstörtest das, was deinen Hass erregte, und das, was deinen Hass erregte, war das, was dir nicht begreiflich war.
Antiochia war Handel, Verfeinerung, Muße, Anspruch, Gedanken. Ihre Bewohner kleideten sich in Seide, als wir Türken kaum in der Lage waren, ein Stück Ziegenleder zusammenzunähen. Was bedeuteten uns ihre Tempel und Bibliotheken?
Und jetzt ist Istanbul wohlhabender als Venedig und Allah treibt mit der ganzen Welt Handel. Wir geben unseren Kindern Rubine als Spielzeug, und die Fensterläden der Serails sind mit Gold beschlagen.«
»Wir sind unbesiegbar«, sagte ich.
»Glaubst du?« Er sagte: »In dreihundert Jahren wird der Türke vielleicht zu seinen Ziegen zurückgekehrt sein.«
»Unmöglich!«, rief ich. »Und wenn, wie du sagst, nichts existiert, kann es auch keinen Ort wie die Zukunft geben.« (Ich war glücklich, dass mir das eingefallen war.)
Der Kapitän lachte und gab mir einen freundschaftlichen Fußtritt. »Es wird eine Zukunft geben. Wir glauben zu sehr an unsere Unwirklichkeit, um sie aufzugeben.«
Ich schwieg. Der Tritt des Kapitäns hatte mich ausgerenkt, und meine eigene Unwirklichkeit begann mich zu belasten. Ich sehnte mich danach, mich zu kratzen.
»Das Leben ist ein Segen, Ali, doch der Tod ist eine Chance.«

Wie konnte Ali mit juckenden Zwiebeln über Lebensphilosophien verhandeln? Er hätte mit Vergnügen das flüchtige Universum geopfert für die Möglichkeit, beide Hände in seine Hose zu stecken, und genau damit war er gerade beschäftigt, als die Seeräuber aus Genua über das Schiff herfielen.

Diese Männer waren so verbrannt wie Brot in den Ofenflammen, wenn auch ihre Augen flammend klar waren. Sie ermordeten die Besatzung, köpften den Kapitän und wollten Ali gerade wie einen Granatapfel zerdrücken, als einer von ihnen bemerkte, wie er seine Zwiebeln umklammerte – das heißt seine Eier.

»Machst dir wohl in die Hose, wie?«, sagte der Seeräuberhauptmann.

Ali hatte solche Angst, dass er einfach die Wahrheit sagte.

»Ich beschütze meinen Schatz«, sagte er, und seine Antwort war so dämlich, dass der Seeräuber lachen musste. Er zog seinen eigenen Schwanz hervor und hielt ihn unter Alis Nase.

»Das hier ist ein Schatz. Du bist doch keinen roten Heller wert.«

Ali lutschte ihn. Was hätte er denn tun sollen? Er hatte es noch nie vorher getan, doch die Verzweiflung ist eine gute Lehrmeisterin, und er stellte bald fest, dass seine Zunge ebenso flink war wie die einer Hure auf dem Marktplatz.

Der Seeräuber grunzte.

»Wozu töten, wenn wir dich auch verkaufen können?«

Und so landete Ali schließlich in den Gemächern des italienischen Gesandten an die Türken.

Zitternd, hungrig, schmutzig und einsam saß Ali auf dem

Fußboden und fragte sich, was aus ihm werden sollte. Zwei Diener traten ein. Einer füllte eine kupferne Wanne, während der andere Essen und frische Kleidung hinlegte. Keiner von ihnen sprach mit Ali, bis sie ihre Arbeit verrichtet hatten. Dann sagte der eine – »Du hast zu essen und zu baden und dich anzukleiden und bei Sonnenuntergang bereitzuhalten.«
»Bereitzuhalten für was?«
»Für die Prinzessin.«

Ich schnallte mich ab und legte mich in die Wanne, kam zu dem Schluss, dass ich die Sache nicht in meiner Brust verschließen würde, obwohl meine Brust hier nicht zur Debatte stand. Was würde mein Schicksal sein – als Frau? Gnade oder Tod?
Als Junge hatte ich nichts zu erwarten, außer vielleicht …

»Geschlechtsverkehr«, sagte die Prinzessin.
Sie umkreiste mich immer wieder, als ob ich ein Brunnen wäre, und hin und wieder blieb sie stehen, um ihre Hände zu benetzen. Sie war schön, jung, hochmütig.
»Ich soll in einem Monat verheiratet werden, und mein Mann wünscht, dass ich etwas über die Kunst der Liebe erfahre. Er hat dich ernannt, mich darin zu unterweisen.«
»Ich weiß nichts«, sagte ich.
»Deswegen hat man dich ausgewählt. Du bist nur ein Junge und kannst mir weder Leid noch Kränkung antun. Du wirst sanft sein. Du wirst langsam sein. Gefällst du mir nicht, werde ich dich enthaupten.«
»Eigenhändig?«

»Natürlich nicht.«
»Edle Dame«, sagte ich, »es muss in Eurem Königreich viele geben, die besser ausgestattet sind als ich.«
»Sie besitzen deinen Schatz nicht.« Sie sagte: »Uns ist zu Ohren gekommen, wie du weniger um dein Leben fürchtetest als um dein Glied.«
»Mein Schatz ist nicht das, was Ihr denkt.«
»Ich denke nichts. Küss mich.«
Ich küsste sie. Schlecht war es nicht.

Tage und Nächte vergingen. Ich küsste ihren Mund und ihren Hals. Ich küsste ihre Brüste und ihren Bauch. Ich küsste sie tiefer als ihren Bauch und erfreute mich am Kräuseln des Entzückens, das ich dort fand. Sie war köstlich und süß, ein Teller Feigen bei schönem Wetter.
Wir näherten uns dem Unvermeidlichen, bald würde es passieren.

•••

Tage und Nächte. Tage und Nächte, zusammengenietet von Genuss. Unser Schmelzofen erhitzte die Zeit und schweißte die losen Stunden zusammen, so dass die Zeit genauso wurde, wie es der Prophet sagt – in beständigem Fluss, ungebrochen.
Für mich werden diese Tage niemals enden. Ich bin immer dort, in diesem Zimmer mit ihr, wenn nicht ich, dann der Abdruck meiner selbst – meine fossile Liebe, und du, die sie entdeckst.

»Zieh deine Hose aus und lass mich dich betrachten.«

Jetzt war es also soweit. Alles würde enthüllt werden. Inzwischen war es mir gleich. Ob Tod, ob Leben, man muss seine Rolle spielen und mehr nicht.
Zögernd ließ ich das Blau und Gold meiner Hose herunter. Ein Schweigen. Dann sagte die Prinzessin …
»Ich habe noch nie einen Mann gesehen.«
(Das wird sich heute auch nicht ändern.)
»Die Geschichten, die ich gehört habe … das Fleischige, das Anschwellen … doch du bist wie eine Blume.«
(Das war richtig.)
Sie berührte meine Zwiebeln.
»Sie sind wie Süßkastanien.«
(Tulpen, meine Liebe, Tulpen.)
Sie streichelte den Wachsüberzug, den ich stets frisch auftrug, um sie zu schützen. Ihre Fingerspitzen glitzerten.
»Wie nennt man das?«
»Diese heißt Schlüssel zum Glück und diese heißt Traum der Geliebten.« Dies sagte ich in aller Offenheit, denn so war es.
»Und wie nennt man das?«
Ihre Finger waren jetzt in der Mitte angelangt. Ich musste schnell überlegen.
»Ich nenne es meinen Frühlingsstängel.«
Sie lachte entzückt und küsste die rote Blume, deren Blüten einen festgefügten Kopf bildeten. Zum Glück hatte meine Mutter sie strapazierfähig genug gemacht, und die Prinzessin konnte damit spielen, so viel sie wollte.
Dann geschah auf einmal etwas Sonderbares. Während die Prinzessin meine Tulpe küsste und liebkoste, stiegen köstliche Gefühle in mir auf, die jedoch um keinen Deut

stärker waren als die Verwunderung, mit der ich spürte, dass meine Verkleidung zum Leben erwachte. Die Tulpe begann sich aufzurichten.

Ich sah hinunter. Da war sie, schlug eine Brücke von meinem Körper zu ihrem.

Ich trug noch immer meine Hemdbluse, und die Prinzessin konnte den Lederriemen nicht sehen, an dem das Ganze befestigt war. Alles, was sie sehen konnte, alles, was sie fühlen konnte, war die Glut meiner Zwiebeln und meines Stängels.

Ich kniete mich hin, während die Tulpe mir zunickte, wie damals auf dem Berghang, an jenem Nachmittag, als ich sie abschnitt.

Sehr sanft ließ sich die Prinzessin auf meine Knie sinken, und ich spürte, wie sich der feste rote Kopf und der blasse Schaft in ihren Körper pflanzten. Ein zarter grünlicher Saft tropfte ihre braunen Schenkel herab.

Den ganzen Nachmittag lang fickte ich sie.

So was macht man doch nicht mit einer Blume

Nacht. Ich sitze vor meinem Bildschirm. Ich habe eine E-Mail. Ich wickle sie aus. Darin steht –

So was macht man doch nicht mit einer Blume.

Ich tippe zurück: »Als du Online gekommen bist, sagtest du, du wolltest verwandelt werden.«
»In eine Prinzessin, die es mit Blumen treibt?«
»Immerhin ist Tulpe dein Chatname.«
»Unter Romantik stelle ich mir was anderes vor.«
»Wolltest du Romantik?«
»Will das nicht jeder?«
»Lad dir *Romeo und Julia* runter.«
»Teenagersex.«
»*Sturmhöhen.*«
»Schreckliches Wetter, und ich kann die Kleidung nicht ausstehen.«
»*Heat and Dust.*«
»Ich hab eine Stauballergie.«
»*Verlangen.*«

»Noch nie von gehört.«
»Na ja dann …«
»Ach komm, das ist doch deine Aufgabe. Du hast gesagt, du schreibst Geschichten. Schreib mir eine Geschichte.«
»Freiheit nur für eine Nacht, hast du gesagt.«
»Ja.«
»Also gut, aber wenn ich diese Geschichte anfange …«
»Ja?«
»Könnte es sein, dass sie sich in meinen Händen verwandelt.«

Der Bildschirm wurde dunkler. Die Luft war schwer. Du und ich, getrennt durch die Entfernung, in innigem Denken, wir warteten. Worauf warteten wir – die Finger leicht auf der Tastatur wie bei einer Séance?

Du sagtest: »Wer bist du?«
»Nenn mich Ali.«
»Ist das dein richtiger Name?«
»Richtig genug.«
»Männlich oder weiblich?«
»Spielt das irgendeine Rolle?«
»Es ist eine Koordinate.«
»Das hier ist eine virtuelle Welt.«
»Schon gut, schon gut – ist doch nur, damit ich Bescheid weiß – männlich oder weiblich.«
»Frag die Prinzessin.«
»Das war doch nur eine Geschichte.«
»Das hier ist nur eine Geschichte.«
»Das hier ist doch wohl eine wahre Geschichte.«

»Woher weißt du das?«
»Ich weiß es, weil ich ein Teil davon bin.«
»Wir sind beide ein Teil davon.«
Einen Augenblick passierte nichts, dann tippte ich:
»Lass uns anfangen. Was willst du für eine Haarfarbe?«
»Rot. Ich wollte immer rote Haare haben.«
»So rot wie deine Tulpe?«
»Und wo die gelandet ist, wissen wir ja.«
»Keine Panik. Das hier ist eine andere Art Verkleidung.«
»Also, was soll ich anziehen?«
»Kommt ganz auf dich an. Combats oder Prada?«
»Wie viel darf ich für Kleidung ausgeben?«
»Sagen wir 1000 Dollar?«
»Für die ganze Garderobe oder nur ein Teil?«
»Willst du unbedingt knausern bei deiner Geschichte?«
»Du bist doch die Schriftstellerin.«
»Es ist deine Geschichte.«
»Was ist bloß aus dem auktorialen Erzähler geworden?«
»Ist interaktiv geworden.«
»Pass auf … Ich weiß, dass es meine Idee war, aber vielleicht sollten wir's lieber lassen.«
»Wo ist das Problem? Das hier ist Kunst, kein Telefonsex.«
»Ich weiß, und ich hab gesagt, ich wollte die Freiheit, jemand anders zu sein – nur für eine Nacht.«
»Also lass es uns machen.«
»Ich muss morgen ziemlich früh raus. Ich müsste mir noch die Haare waschen. Ehrlich gesagt glaube ich …«
»Zu spät.«
»Was meinst du damit, zu spät?«
»Wir haben schon angefangen. Wir sind hier.«

»Aber wo sind wir?«
»Sag du's mir. Wo sind wir?«
»Paris. Wir sind in Paris. Da ist der Eiffelturm.«
»Ja, ich seh ihn auch. Es ist Abend, die Sonne geht unter …«
»Und wir sind in Paris …«

NEUES DOKUMENT

Nebeneinander gingen wir den breiten gepflasterten Weg an der Seine entlang. Hinter uns standen die Freitagabendautos im Stau, eingewickelt in Bremslichter und Auspuffschwaden; das toxische Rot des Nachhausewegs. Beim Spazieren auf dem Weg, du hattest deinen Pullover um die Schultern gebunden, machten kompakte Jogger, die schneller waren, einen Bogen um uns, während Verliebte, die langsamer waren, vor uns stehen blieben und innehielten, um einander die Zigaretten anzuzünden oder sich zu küssen.
Wir waren nicht verliebt. Noch nicht.

Der Abend dehnte sich. Der Muskel des Tages hatte sich zu entspannen begonnen. Ein Mädchen in Lycra verabredete sich auf ihrem Handy für später. Ein Mann im Trenchcoat ließ sein Telefon läuten und läuten, lächelte alle an, die einen Blick auf seinen Aktenkoffer warfen, der wie ein Wecker klingelte.
An den Quais warteten die Pärchen, um an Bord eines der neonbeleuchteten Schiffe zu gehen, zum Tanzen und zum Abendessen, während sich auf den anderen Schiffen – den Barkassen – eine Katze neben einem rauchenden Schornstein putzte und eine Frau, die ein Tuch um den Kopf trug, Kaffee ins Wasser schüttete.

So viele Leben, und auch unseres verknäult sich mit dieser Nacht, mit diesen fremden Menschen. Auch wir Fremde.

Die kleinsten Zufälle eröffnen neue Welten.

Wir waren beide im selben Hotel abgestiegen. Am Tag zuvor waren wir angekommen, und im Foyer hatten unsere Begleiter einander auf einmal entdeckt und waren sich in die Arme gefallen, als wären sie alte Freunde. Kein Wunder, sie waren ja auch alte Freunde.
Du und ich, wir kannten uns nicht. Wir blieben im Hintergrund, lächelten schüchtern, leicht irritiert von dieser ganzen Jovialität, an der wir nicht teilhaben konnten. Dann plante man für den nächsten Abend, in ein nahe gelegenes Restaurant zu gehen, und würde es uns etwas ausmachen – nein, das wäre lustig –, wenn die beiden lang vermissten Kumpel schon mal vorgingen, und du und ich zusammen zum Restaurant spazierten, um uns ein bisschen kennen zu lernen.
Einfach. Leicht.
Ja.

Da ich dich nicht kannte, und da ich weiß, dass Konversation nicht meine Stärke ist, fing ich an, dir von dem Mount Everest-Bergsteiger George Mallory zu erzählen. Er kommt in dem Buch vor, das ich gerade schreibe, und Leute finden es oft interessant zu erfahren, wie Schriftsteller ihre Bücher schreiben. Das erspart ihnen das Lesen.
»Du bist also Schriftstellerin?«

»Ja.«
»Ich hab noch nie von dir gehört.«
»Nein.«
»Hast du schon mal was veröffentlicht?«
»Ja.«
»Kann man das im Laden kaufen?«
»Ja.«
»Wie, hier in Paris?«
»Ja.«
»Auf Französisch?«
»Ja.«
»Auch auf Englisch?«
»Ja.«
»Ja, ehrlich?«
(Wie gesagt, Konversation ist nicht meine Stärke.)
»Du bist also Schriftstellerin. Was schreibst du denn so?«
»Prosa, meistens.«
»Sachen, die du dir ausdenkst?«
»Ja.«
»Das wahre Leben ist mir lieber.«
»Wieso das?«
»Da gibt's keine Überraschungen.«
»Magst du keine Überraschungen?«
»Nicht seit meinem fünften Geburtstag, als ich einen Kuchen geschenkt bekam, der explodiert ist.«
»Konnte man ihn essen?«
»Die Kerzen waren in Wirklichkeit kleine Dynamitstäbchen, und die Sahne und das Biskuit flogen durchs ganze Zimmer.«
»Und dann?«

»Ich hab's von den Wänden runtergekratzt. Hab versucht, so zu tun, als wär nichts weiter.«
»Schwierig …«
»O ja.«
(Dann schwieg sie. Dann sagte sie …) »Das ist für mich das Leben – ein Kuchen mit kleinen Dynamitstäbchen drauf.«
»Klingt eigentlich nicht nach einem Leben ohne Überraschungen.«
»O doch, das ist es. Es ist genau das. Ich weiß, dass es vor meiner Nase in die Luft gehen wird, verstehst du?«

Ich sah sie von der Seite an, während wir nebeneinanderher gingen. Auf mich wirkte sie zuversichtlich und gelassen in weichen schwarzen Jeans, einem weißen Hemd, ein bisschen Lippenstift und einer Handtasche, in die nur eine Kreditkarte und ein Make-up-Pinsel passen. Sie trug einen gerippten Kaschmirpullover mit rundem Ausschnitt, der zusammengebunden war wie ein Sack und herunterhing wie eine Tänzerin.
Einfach.
Teuer.

»Was führt dich nach Paris?«
(Konversation, nicht schlecht.)
»Der Eiffelturm.«
»Magst du Türme?«
»Ich mag Strukturen ohne Verkleidung.«
»Okay, das ist ein gutes Motto.«
»Ich versuche, die Linien durchschimmern zu lassen. Na-

türlich nicht in meinem Gesicht, aber anderswo. In meiner Arbeit, meinem Leben, meinem Körper.«

(Plötzlich wollte ich unbedingt ihren Körper sehen. Ich unterdrückte den Gedanken.)

»Eine ganz Anständige also?«, sagte ich.

»Kaum.«

»Was dann?«

»Klare Räume. Das Einfachste der Welt ist es, sich von Kopf bis Fuß zuzutapezieren und sich einen Sessel in den Bauch zu stellen.«

»Klingt aber unbequem.«

»O nein, das ist sehr bequem. Deswegen machen's die Leute ja.«

»Aber du nicht.«

(Plötzlich ergriff sie meine Hand.)

»Hier ist es, wo ich Dinge spüre.«

(Sie führte meine Hand über den tiefen Bund ihrer Jeans.)

»Aufregung, Gefahr …«

(Sie drückte meine Hand flach auf ihren Unterleib und hielt sie dort fest.)

»Sex. Und weiter das Gefühl haben, dass ich mir ein bisschen Raum wahren muss.«

(Auf einmal ließ sie meine Hand fallen. Ich sah sie traurig an.)

Sie sagte: »Und was ist mit dir? Was führt dich nach Paris?«

»Eine Geschichte, die ich schreibe.«

»Handelt sie von Paris?«

»Nein, aber Paris kommt darin vor.«

»Wovon handelt sie denn?«

»Grenzen. Begierde.«

»Wovon handeln denn deine anderen Bücher?«
»Grenzen. Begierde.«
»Kannst du nicht über irgendwas anderes schreiben?«
»Nein.«
»Wieso dann ausgerechnet Paris?«
»Andere Stadt. Andere Verkleidung.«

Wir betraten eine kleine Holzbrücke und lehnten uns gegen das Metallgeländer. Die breite Sicht auf den Fluss war ein Freizeit-Super-8-Film vom Wochenende, mit seiner amateurhaften, in der Hand gehaltenen Atmosphäre von Verliebten und Hunden und elektrischen Lichtern und den spontanen, wackligen Bewegungen der Menschen, die kreuz und quer herumliefen, umkehrten, stehen blieben, verschwammen, zu dicht davor hingen. Der Fluss flatterte und entrollte und projizierte sich als Filmstreifen gegen den offenen Himmel und das Gedränge der Île de la Cité.

Bild für Bild wurde dieser Freitagabend gedreht und belichtet und weggeworfen, getragen vom Fluss, von der Zeit, konserviert nur in der Erinnerung, und doch, Szene für Szene, in sich vollkommen.

Ich dachte: Das ist alles, was ich habe, alles, dessen ich mir sicher sein kann. Der Rest ist verloren. Der Rest wird vielleicht nicht kommen.

In meiner Nähe stand eine Frau, die mit der Inständigkeit eines Sakraments ein Eis aß. Ihr Gesichtsausdruck, ihre Konzentration gehörten zum Kirchenaltar.

Ein Mann kniete sich hin und steckte seinen Scotchterrier

in ein kariertes Mäntelchen. Die Leute gingen an ihm vorbei. Er fummelte an den Schnallen.
Ein Kind, an der Hand seiner Mutter, weinte wegen eines geplatzten Mickymaus-Luftballons, und dann schlingerten die welken schwindenden Heliumohren und die in sich sackende schwarze Nase übers Geländer und glitten flach hinunter aufs Wasser.
Weg war es – Maus, Hund, Eis, Jetzt. Schon waren wir in einem anderen Jetzt, und das Rosa des Himmels war verblichen.
»Wo ist denn das Restaurant?«, sagtest du.
»Ich weiß es nicht. Ich dachte, du wüsstest es.«
»Nein – ich dachte, du wüsstest es.«
»Na gut, wie hieß es denn?«
»Ali. Ein türkisches Lokal.«
»Bist du sicher?«
»Wir könnten im Hotel anrufen. Die Concierge weiß es bestimmt.«
»Wir kommen zu spät.«
»Wir haben jede Menge Zeit.«

Sie lächelte und legte ihren Arm um meine Schultern. Ich versuchte so zu tun, als wäre nichts.

•••

»Gehst du immer so auf wildfremde Menschen zu?«
»Immer.«
»Hat das einen besonderen Grund?«
»Ein Fremder ist sicheres Terrain. Einem Fremden kann man alles erzählen.«

»Was ist, wenn ich es für mein Buch verwende?«
»Du schreibst doch Fiktion.«
»Na und?«
»Also wirst du dich bei mir nicht an die Fakten halten.«
»Aber ich könnte die Wahrheit sagen.«
»Fakten sagen nie die Wahrheit. Selbst die einfachsten Fakten sind irreführend.«
»Wie die Abfahrtszeiten von Zügen.«
»Und die Anzahl deiner Liebhaber.«

Ich sah sie neugierig an. Wohin sollte das führen?

»Wie viele hattest du denn?«
»Neun Uhr achtundvierzig«, sagte sie und klang wie eine Durchsage auf dem Bahnsteig.
»War das der davor oder der, der jetzt hier ist?«
»Der, der jetzt hier ist, steht nicht auf dem Fahrplan.«
»Was soll das denn heißen?«
»Das heißt, dass ich verheiratet bin, aber nicht mit ihm.«
»Mit wem dann?«
»Ach, mit einem Mann, der wie ein Speisewagen gebaut ist – solide, gesellig, immer kurz davor, das Mittagessen aufzutragen.«
»Gefällt dir das nicht?«
»Es gibt Nächte, in denen mir ein Schlafwagen lieber wäre.«
»Ist das der Grund, weshalb du in Paris bist?«
»Und dann gibt es Nächte, in denen mir weder das eine noch das andere lieber wäre.«
»Eine unverkleidete Struktur.«

»Wenn man älter wird, fängt der Raum an, enger zu werden.«
»Du scheinst hindurchgeschlüpft zu sein.«
»Ich werde leichtsinnig. Ich setze mehr aufs Spiel, als mir gut tut.«
»Hast du deinen Mann verlassen?«
»Nein, ich hab ihn nur angelogen.«
»Kann man jemanden anlügen, den man liebt?«
»Immer noch rücksichtsvoller, als ihm die Wahrheit zu sagen.«
»Versteht ihr euch denn noch gut?«
»So gut, wie sich zwei Menschen verstehen können, die gerade dabei sind, sich auseinander zu leben.«

•••

Sie ging voraus, ihr Pullover umschaukelte ihren Rücken. Dann wandte sie sich zu mir.

»Man behält die Form und die Gewohnheiten dessen, was man hat, bei, nur der Sinn geht immer mehr verloren.«
»Wenn dir das so geht, solltest du ihn verlassen.«
»Ich liebe ihn immer noch.«
»Man kann doch jemanden lieben und ihn verlassen. Manchmal ist das sogar besser.«
»Für mich nicht.«
»Na ja, es geht mich ja auch nichts an.«

Dann hielt sie eine Rede. Den Text kann man sich vermutlich denken.
Innerhalb ihrer Ehe gebe es zu viele Uhren und zu wenig

Zeit. Zu viele Möbel und zu wenig Platz. Außerhalb ihrer Ehe sei nichts, das ihr Halt geben, nichts, was ihr Form verleihen würde. Der Raum, den sie fände, wäre der Weltraum. Raum ohne Schwerkraft oder Gewicht, wo Stück für Stück das Selbst in seine Bestandteile zerfällt.

•••

»Kannst du das nicht verstehen?«
»Doch.«
»Aber?«

Ich erwiderte nichts. Diese Argumente hatte ich schon mal gehört. Ich hatte sie selbst benutzt. Sie erzählen einen Teil der Wahrheit, aber nicht die ganze Wahrheit, und die Wahrheit, die dadurch geleugnet wird, betrifft das Herz. Der Körper kann mit Kompromissen leben und der Kopf kann ihrer Verführungskraft erliegen. Das Herz aber wird Protest einlegen.
Das Herz. Ein naives Geschöpf aus Kohlenstoff inmitten einer Silikonwelt.

»Irgendetwas stimmt nicht.«
»Mit dem, was ich sage?«
»Das ist alles so wahnsinnig vernünftig.«
»Wäre es dir lieber, ich würde mir einen Wandteppich und ein paar Kerzen schnappen und den Rest hinter mir lassen?«
»Ich dachte dabei weniger an dein Gepäck.«
»Eine ehemalige Freundin hat genau das getan. Hat sonst nichts mitgenommen und ist einfach gegangen.«

»Bewundernswert.«
»Du bist also eine Absolutistin, was?«
»Was soll das sein?«
»Alles oder nichts.«
»Was gibt's denn sonst noch?«
»Den Mittelweg. Schon mal davon gehört?«
»Hab ich mal auf der Karte gesehen.«
»Du solltest mal hinfahren.«
»Und wenn ich ankomme, kann ich mich ewig im Kreis drehen, wie alle anderen.«
»Was hab ich dir eigentlich getan?«
»Du hast doch angefangen mit aufs Spiel setzen und Freiheit und unverkleideten Strukturen.«
»Das heißt?«
»Das heißt, dass du einfach nur das willst, was alle wollen – alles.«
»Hast du was dagegen?«
»Nein – aber du musst es selbst bezahlen.«
»Also will ich das Beste aus zwei Welten?«
»Ist ja auch verständlich, wenn man deine Geschichte betrachtet.«

Sie lachte und nahm meinen Arm, zog mich zu sich heran.

»Ich mag dich.«
»Warum?«
»Du willst kämpfen.«
»Die Welt ist mein Boxring.«
»Musst du dich denn mit jedem anlegen?«
»Nur mit den Feinden.«

»Ist das so einfach?«
»Man kann so kompliziert sein, dass man sich dabei verknotet.«
»Man kann so schlicht sein, dass man neun Runden mit sich selbst kämpft.«
»Na ja, das stimmt in meinem Fall sogar manchmal.«
»Warum tust du das?«
»Um nicht umzukippen.«
»Du solltest dich entspannen.«
»In einem Sessel seh ich albern aus.«
»Wie siehst du im Bett aus?«

Ich war so überrascht, dass ich schwieg. Wir standen auf der Brücke. Ohne auf irgendjemanden Rücksicht zu nehmen, beugte sie sich nach vorn und küsste mich. Ein weicher, offener Kuss.

»Das ist keine gute Idee.«
»Warum?«
»Du bist mit einem Menschen verheiratet, mit einem anderen in Paris, und wir kommen zu spät zum Essen.«
»Man lebt nur einmal.«
»Du kannst so oft leben wie du willst, nur zahlen musst du selbst.«
»Das heißt, du lädst mich nicht zum Essen ein?«

Sie lachte. Sie lachte über mein Unbehagen, über meine Ernsthaftigkeit. So habe ich sie in Erinnerung, wie sie mich auslacht auf einer hölzernen Brücke in Paris.

Sie hatte gelacht an jenem Nachmittag, als wir an Les Halles in einen Regenguss kamen. Ich war allein unterwegs gewesen, auf der Suche nach einem bestimmten Geschäft, um eine Fußschlinge zu kaufen. Mir war nicht klar, dass sie für mich ausgelegt sein würde.

Das Geschäft – Exterminateur des Animaux Nuisibles – liegt seit den zwanziger Jahren im alten Fleischmarkt, und seine Ladenfront aus Holz und Glas, seine auf Hochglanz polierte Theke sind immer noch dieselben. Die Kunden können sich die Kakerlakentabelle zu Gemüte führen oder eine *nasse* oder eine *piège* kaufen, mit denen man fast alles töten kann. Die Verkäufer bedienen einen mit der Feierlichkeit von Bankangestellten. Ihre Arbeit erfordert Stillschweigen und Diskretion. Der Einkauf wird in braunes Papier gewickelt und mit einer Schnur zusammengebunden. Als ich dort war, testete ein Mann im braunen Overall mit einem Stück Roquefort eine Mausefalle.

Als ich aus dem Laden kam, sprangst du mir entgegen, lachtest und ergriffst meinen Arm, um mich wegzuziehen. Du sagtest irgendetwas von einem Streichquartett in der Metro. Der Regen zerschlitzte die Luft. Ein Bettler mit einem zerfetzten Regenschirm fragte uns nach einem Franc.

Wir rannten.

Wir rannten vorbei an einer Männergruppe – Buttondown-Hemden, Strickjacken, Zigaretten –, die unter einer Markise Schutz gesucht hatten, während der Regen vom Segeltuch hinab und auf ihre Schuhspitzen prasselte.

Wir rannten durch die sich zerstreuende Menge der Einkaufsbummler hindurch, vorbei an den Jungs auf ihren

Fahrrädern, vorbei an den Korbstühlen, die von dem Barkeeper ins Café hineingeschleudert wurden.
Wir rannten über den Parcours aus nachgemachtem Louis Vuitton-Gepäck, und begleitet von den Rufen der afrikanischen Verkäufer verschwanden wir unter einer Plane. Wir rannten direkt auf die dampfende Metrostation zu und hinein in eine Kaskade Vivaldi.
Vier Jugendliche – mehr als das waren sie wirklich nicht – hatten ihre Notenständer aufgestellt und ihre Instrumentenkoffer geöffnet, und sie spielten mit Feuereifer drauflos, blockierten die Eingänge und Ausgänge, und niemanden kümmerte es, weil die Musik stärker war, als nach Hause zu müssen, oder als der überflutete Nachmittag.
Du warst hingerissen. Deine Haare tropften auf deine Schultern und dein Mund war leicht geöffnet. Dein Gesicht war gerötet vom Laufen und vom Regen. Ich fand dich wunderbar, und auch ich lächelte darüber, wie schön es war, und über diesen Zufall.
Ich hatte meinen Nachmittag geplant. Der Zufall hatte ihm eine andere Wendung gegeben. Ist der Zufall die Schlinge oder ist er das, was sich aus der Schlinge windet?
Wir nahmen die Metro zum Louvre. Du wolltest durch die große Glaspyramide hinaufgehen. Du sagtest, das sei wie neu geboren werden. Du sagtest, du fühltest dich dabei wie eine ägyptische Prinzessin, und einen Augenblick lang bildete ich mir ein, ich hätte dich gekannt, an den Ufern von Karnac, und ich nahm den Duft deiner kräutergetränkten Bandagen wahr und deinen Angstschweiß, als sie dich in die Dunkelheit trugen, aus der es kein Zurück geben kann.

Doch da warst du, du liefst die Treppen hinauf, schraubtest dich hoch aus dem Keller deiner selbst, endlich frei, und als du in den Stahl und das Glas der Pyramide platztest, kam die Sonne hervor und verwandelte die Pfützen in zehntausend Spiegel, die auf dem Glas leuchteten, als sollte es erhitzt werden.
Nichts ist fest. Nichts ist festgefügt. Dies sind die Bilder, die die Zeit verändert und die die Zeit verändern, so wie die Sonne und der Regen auf der Oberfläche der Dinge spielen.

»Champagner?«
Du zeigtest auf das Café Marly, und wir liefen hinüber zu einem der glitzernden Tische. Ein Kellner in einer weißen Jacke fegte die Regentropfen von der Marmoroberfläche und sah uns mit geblähten Nasenlöchern an, der gastronomietypischen Mischung aus Unterwürfigkeit und Abscheu.
»Deux coupes de champagne.«
Er nickte, als wollte er seinen Kopf zuschnappen lassen. Um uns herum, unter den Statuen toter Franzosen, schoben Teenager ihre Postkarten in ihre Rucksäcke und tranken Cola aus der Flasche. Die Sonne stach. Alle waren glücklich. Ich war glücklich über die Leichtigkeit, in einer fremden Stadt zu sein, befreit von Identität. Ich streckte die Beine aus. Ich streckte meine Gedanken aus. Meine Gedanken erstreckten sich nach vorn in den unbegrenzten Raum, den sie einnehmen können, wenn ich sie aus ihrem Zwinger lasse.
Der Kellner tauchte mit seinem silbernen Tablett auf und

stellte die beiden Sektgläser mit einem kleinen Klicken vor uns hin. Du erhobst dein Glas.
»Und, auf was sollen wir trinken?«
»Auf den Zufall.«
»Auf den Zufall.«
»Und jetzt sag du.«
Sie hielt inne und dachte einen Moment nach und lächelte.
»Also gut. Harold Bloom.«
»Harold Bloom?«
»Für seine Übersetzung des jüdischen Segens. Du bist wohl nicht jüdisch?«
Ich schüttelte den Kopf. Wieder erhob sie ihr Glas.
»Mehr Leben in einer Zeit ohne Grenzen.«
Dann hatte sie so etwas wie einen Regentropfen im Auge.

Der Abend kühlte allmählich ab. Sie und ich waren schweigend nebeneinanderher gelaufen, zurück über die Pont Neuf, bis wir an ein kleines Dreieck aus Glas und Birken kamen, von jeder Seite mit kleinen Restaurants gesäumt. Hier esse ich gern. Irgendjemand hat es mal »den Schoß von Paris« genannt.
Ich war wütend auf mich. Den ganzen Nachmittag lang hatte ich mit etwas gerechnet – ich weiß nicht, mit was – ich weiß wohl, mit was –, doch ich wäre froh und enttäuscht gewesen, wenn sich nichts angebahnt hätte. Wenn wir wie geplant in das verabredete Lokal gegangen wären und mir alles andere im Gedächtnis geblieben wäre als eine Erinnerung, deren Wahrheit nicht im Detail liegt.
Das Problem ist, dass in der Vorstellung alles vollkommen sein kann. In die Realität heruntergeladen war es unge-

ordnet. Sie war ungeordnet. Ich war ungeordnet. Ich gab mir die Schuld. Ich hatte erwischt werden wollen.

Wir gingen langsamer. Sie sprach:
»Du bist wütend auf mich.«
»Hier ist das Lokal – Chez Paul.«
»Ich hab zu früh zu viel gesagt.«
»Seit 1930 hat sich die Einrichtung nicht verändert.«
»Ich halte sehr viel von dir.«
»Die Frauen, die hier bedienen, tragen weiße Schürzen und weigern sich, Englisch zu sprechen.«
»Ich will dich in den Armen halten.«

Sie nahm mich in die Arme, und ich war so wütend, dass ich sie hätte schlagen können, und am Grunde meiner Wut, sie leitend, war ein Kupferdraht des Begehrens.

»Und ich will dich küssen.«
Unter den Bäumen spielte ein Mann mit seinen beiden Dalmatinern. Punkte tanzten mir vor den Augen.

•••

»Dich hierhin und dorthin küssen.«

Der Mann warf zwei rote Tennisbälle, und die Hunde rannten den Bällen nach und brachten sie ihm zurück – schwarzweiß und rot, schwarzweiß und rot.

Das hier fühlt sich an wie ein körniger Film – die schwarzen Kleider und weißen Schürzen der Kellnerinnen im er-

leuchteten Fenster von Chez Paul. Deine schwarzen Jeans und dein weißes Hemd. Die Nacht, die sich um dich wickelt wie ein Pullover. Deine Arme, die sich um mich wickeln. Zwei Dalmatiner.
Ja, das hier ist schwarzweiß. Die Konturen sind klar. Ich muss mich abwenden. Warum tu ich es nicht?
In meinem Mund ist eine rote Kugel des Begehrens.

»Diese winzigen Härchen auf deinem Nacken …«

Hol's. Mein Herz bringt mir zurück, was ich abweise. Ich bin mein eigener Herr und nicht immer Herr meiner selbst. Diese Frau will …

»Deine Geliebte sein.«

•••

Wir gingen hinein. Ich bestellte Artischocke mit Vinaigrette und Ente mit grünen Bohnen. Du entschiedst dich für Erbsensuppe und Räucheraal. Ich hätte gut mehrere Flaschen Wein trinken können, begnügte mich aber mit einem Kelchglas Hauswein, auf ex.
Mit nervösen Fingern zerrupftest du das Brot.
»Wo waren wir stehen geblieben?«
»Nicht da, wo ich sein will.«
»So fühlte sich das aber nicht an, als ich dich in den Armen hielt.«
»Nein, du hast Recht.«
»Stattdessen?«

Sie hat wunderschöne Hände, dachte ich, während ich ihr zusah, wie sie aus dem Baguette ein Origami faltete. Wunderschöne Hände – geschickt, leicht, praktisch, geübt. Meiner war nicht der erste Körper, und er würde auch nicht der letzte sein. Sie steckte sich das Brot in den Mund.

»Wo soll ich anfangen?«, sagte ich, bereit, mich zu verteidigen.
»Nicht am Anfang«, sagte sie und steckte mir die Krümel in den Mund.
»Warum nicht?«
»Wir kennen doch beide die üblichen Gründe, das ungeschriebene Gesetz. Das brauchen wir jetzt nicht zu wiederholen.«
»Es ist dir wirklich egal, oder?«
»Was, du mir? Nein.«
»Das Durcheinander, das wir veranstalten werden.«
»Ich bin keine Jungfrau.«
»Ich schon.«
»O Gott, heute ist mein Glückstag. Ich wette, du hast einen Waschmaschinenfimmel.«
»Zufälligerweise ja.«
»O ja, ich kannte mal eine Jungfrau. Der konnte die Finger nicht von der Waschmaschine lassen. Tag und Nacht, waschen, waschen, waschen. Ich hab ihn nur noch Lady Macbeth genannt.«
»Wie wirst du mich nennen?«
»Mir wird schon was einfallen.«

Die Artischocke kam und ich fing an, sie zu schälen, Lage für Lage, Schicht für Schicht, und tauchte sie ein. Weder hat das Essen einer Artischocke etwas Geheimnisvolles, noch das, woran es erinnert. Es gibt nichts, was sich gegen Mitte auf so befriedigende Weise auflöst. Es gibt nichts, was derart verspricht und belohnt. Die winzigen Härchen sind ein Teil des Vergnügens.

Was hätte ich essen sollen? Wahrscheinlich rote Bete.

Ein Freund riet mir einmal, mich niemals mit jemandem einzulassen, der Artischocken oder Champagner nicht mag. Das war ein kluger Rat, aber noch klüger wäre es gewesen, mir zu raten, niemals in der Gesellschaft eines Menschen Artischocken oder Champagner zu bestellen, von dem man besser die Finger lässt.

Wenigstens hatte ich mich für einfachen Rotwein entschieden.

Und dann fiel mir wieder der Nachmittag ein.

Lächelnd sah sie mich an, mit ölig glänzenden Lippen.

»Woran denkst du?«

»An den Nachmittag.«

»Also hätten wir zusammen ins Bett gehen sollen.«

»Wir haben kaum sechs Sätze gewechselt.«

»So ist es am besten. Bevor die Komplikationen anfangen.«

»Keine Sorge. Kein Anfang. Keine Komplikationen.«

»Bist du immer so moralisch?«

»Das klingt ja, als wäre ich bei den Zeugen Jehovas.«

»Du kannst nachts bei mir klingeln kommen, wann immer du willst.«

»Hörst du vielleicht mal auf?«

»Wie du schon sagtest, wir haben noch nicht angefangen.«
»Nach dem Essen gehen wir zurück ins Hotel und sagen gute Nacht.«
»Und morgen nimmst du den Eurostar nach London.«
»Und übermorgen fliegst du mit Air France nach New York.«
»Du bist doch bei den Zeugen Jehovas.«
»Wieso das?«
»Du bist nicht verheiratet, willst aber nicht mit mir schlafen.«
»Du bist verheiratet.«
»Das ist mein Problem.«
»Stimmt …«
»Also …«
»Ich hab so was schon mal gemacht, und auf einmal wurde es mein Problem.«
»Was ist denn passiert?«
»Ich hab mich verliebt.«

Es ist lange her. Es fühlt sich an wie ein anderes Leben, bis ich mich daran erinnere, dass es mein Leben war, ein wiedergefundener Brief in der eigenen Handschrift, dessen Inhalt man kaum fassen kann.
Ich liebte eine Frau, die verheiratet war. Sie liebte mich auch, und hätte es weniger Liebe oder weniger Ehe gegeben, wäre ich vielleicht entkommen. Vielleicht schafft es niemand wirklich, zu entkommen.
Sie wollte mich, weil ich ein Teich war, an dem sie trank. Ich wollte sie, weil sie Geliebte und Mutter in einer Person

war. Ich wollte sie, weil sie so schön war wie ein warmer Nachmittag und sonnenglühende Felsen.
Der entstandene Schaden war immens.

»Du hast sie verloren?«
»Natürlich.«
»Bist du drüber hinweg?«
»Es war eine Liebesaffäre, kein Übungsgelände.«
»Die Liebe ist ein Übungsgelände.«
»Manche Wunden heilen nie.«
»Tut mir Leid.«

Sie hielt mir ihre Hand hin. Was für eine sonderbare Welt es ist, in der man so viel Sex haben darf, wie man will, in der die Liebe aber ein Tabu ist. Ich rede jetzt von richtiger Liebe, von der großen Leidenschaft, die womöglich weder Zuneigung noch Bequemlichkeit noch Glück erlaubt. In Wahrheit knallt einem die Liebe nämlich ins Gesicht wie Treibeis, und selbst mit einem Herz wie die Titanic geht man unter. Das ist ihr Umfang, ihre Größe. Sie ist nicht anständig, nicht sauber, sie ist nicht zu bändigen.

•••

Sie hielt mir die Hand hin. »Du bist immer noch wütend.«
»Ich bin noch immer am Leben.«

Was soll man dazu sagen? Dass das Ende der Liebe bedeutet, gequält zu werden. In seinen Träumen gequält zu werden. In der Stille gequält zu werden. Von Geistern gequält zu werden bedeutet, sich selbst in einen Geist zu verwandeln. Das Leben verebbt. Der Puls ist zu schwach. Nichts bewegt einen. Manche Leute heißen das gut und nennen es Heilung. Es ist keine Heilung. Ein toter Körper spürt keinen Schmerz.

»Aber Schmerzen sind sinnlos.«
»Nicht immer.«
»Was nützt es denn zu leiden? Sag mir das mal.«

Sie glaubt, ich klammerte mich an meinen Schmerz. Sie glaubt, der Schmerz sei ein Souvenir. Vielleicht denkt sie, dass ich nur mit Hilfe des Schmerzes fühlen kann. In Wahrheit erinnert mich der Schmerz daran, dass meine Gefühle verletzt sind. Der Schmerz hält mich nicht davon ab, zu lieben – nur eine falsche Heilung könnte das tun –, vielmehr sagt mir der Schmerz, dass weder meine Rezeptoren noch mein Sender einwandfrei funktionieren. Der Schmerz ist nicht das Fühlen selbst, doch er ist zu einem Werkzeug des Fühlens geworden.

•••

Sie sagt: »Hast du noch immer gerne Sex?«
»Das klingt ja, als hätte man mir irgendwas amputiert.«
»Das ist auch so, glaube ich. Ich glaube, es hat dir jemand dein Herz rausgeschnitten.«

Ich sah sie an und meine Augen waren klar.

»So endet die Geschichte aber nicht.«

Stopp.
Beim automatischen Schreiben besteht immer eine Gefahr. Die Gefahr, sich einem Ende zu nähern, das niemals erzählt zu werden brauchte. Ab einem gewissen Punkt gewinnt die Geschichte an Schwung. Sie überzeugt sich davon und tut, was sie kann, um einen selbst zu überzeugen, dass das Ende, das in Sicht ist, den einzig möglichen Ausgang darstellt. Es gibt eine Art Schicksalhaftigkeit und Kontrollverlust, die irgendwie beruhigend sind. Dies war dein Skript, doch jetzt schreibt es sich allein weiter.
Stopp.
Unterbrich den Erzählfluss. Verweigere dich allen Geschichten, die bis hierhin erzählt worden sind (darin liegt in Wirklichkeit der Schwung), und versuche, die Geschichte anders zu erzählen – in anderem Stil, mit anderen Gewichtungen –, und lass ein bisschen Luft an diejenigen Elemente, die durch jahrhundertelangen Gebrauch erstickt sind, und gib der schwebenden Welt ein bisschen Substanz.
In der Quantenwirklichkeit gibt es Millionen möglicher Welten, unverwirklicht, potenziell, derer wir uns vielleicht bewusst sind, die aber nur durch Wurmlöcher zu erreichen sind, die wir niemals finden werden. Wenn wir doch eins finden, kommen wir nicht zurück.
In jenen anderen Welten jagen die Ereignisse vielleicht unsere eigenen, doch das Ende wird anders sein. Manchmal brauchen wir ein anderes Ende.
Ich kann mit meinem Körper nicht durch Raum und Zeit reisen, doch ich kann meine Gedanken auf Reisen schicken und die Geschichten, die geschriebenen und die un-

geschriebenen, benutzen, um mich an einem Ort wiederzufinden, der noch nicht existiert – in meiner Zukunft.

Die Geschichten sind Landkarten. Landkarten von Reisen, die stattgefunden haben und stattgefunden haben könnten. Eine Marco Polo-Route durch wirkliche und vorgestellte Territorien.
Manche Gebiete sind inzwischen so vertraut wie ein Ferienort am Meer. Wenn wir dorthin fahren, wissen wir, dass wir Sandburgen bauen und einen Sonnenbrand bekommen werden und dass die Speisen auf der Karte des Cafés immer gleich bleiben.
Manche Gebiete sind unwegsamer, und die verschiedenen Reiseberichte stimmen nicht überein. Die Führer taugen nur bedingt. An diesen unwegsamen Orten werde ich zum Teil der Karte, zum Teil der Geschichte, den vorhandenen Versionen füge ich meine eigene hinzu. Dieser talmudische Aufbau von Geschichte über Geschichte, Landkarte über Landkarte multipliziert die Möglichkeiten, warnt mich jedoch auch vor dem Gewicht der Akkumulation. Ich lebe in einer Welt – materiell, scheinbar in festem Aggregatzustand – und das Gewicht dessen reicht vollkommen. Die anderen Welten, die ich erreichen kann, müssen sich ihre Leichtigkeit und ihre Lichtgeschwindigkeit bewahren. Das, was ich aus jenen Welten mit zurück in meine eigene nehme, ist eine weitere Chance.

Sie streckte die Hand aus. »Ich will dich retten.«
»Vor was?«
»Vor der Vergangenheit. Vor dem Schmerz.«

»Die Vergangenheit ist nur eine Art zu sprechen.«
»Dann vor dem Schmerz.«
»Ich will kein Wisch-und-weg-Leben.«
»Sei doch nicht so kratzbürstig.«
»Tut mir Leid.«
»Was willst du denn? Sag's mir.«
»Keine Kompromisse.«
»Das ist unmöglich.«
»Nur das Unmögliche lohnt der Mühe.«
»Bist du Fanatikerin oder Idealistin?«
»Warum willst du mich unbedingt in eine Schublade stecken?«
»Ich will das nur alles verstehen.«
»Nein, du willst dir mich erklären. Du bist dir unsicher, also brauchst du eine Schublade. Aber ich bin kein Möbelstück mit einem Preisschild auf dem Rücken.«
»Und das alles nur für ein bisschen Sex.«

Die Bedienung räumte die Teller ab und brachte uns ein braungelb gestreiftes Eis, dieselbe Farbe wie die Decken und Wände. Es hatte sogar diesen glänzenden Touch der dreißiger Jahre. Die Kirschen ringsum waren wie die Küsse der Garbo. Du spießtest eine auf und stecktest sie mir in den Mund.

»Komm mit mir ins Bett.«
»Jetzt?«
»Ja jetzt. Mehr kann ich nicht anbieten. Um mehr kann ich nicht bitten.«
»Keine Schwierigkeiten, keine Komplikationen?«

»Keine.«
»Außer, dass in Zimmer 29 jemand auf dich warten wird.«
»Er wird betrunken sein und selig schlummern.«
»Und jemand wird auf mich warten.«
»Jemand Besonderes?«
»Nur ein Freund.«
»Na dann …«
»Gute Manieren?«
»Ich hinterlasse beim Nachtportier eine Nachricht.«
Sie stand auf und kramte ein paar Münzen zum Telefonieren hervor.
»Warte …«
Sie antwortete nicht. Da stand sie, am Telefon, mit abgewandtem Gesicht.

Wir gingen zu einem kleinen Hotel, das früher mal ein Kurhotel war.
In den Badezimmern findet man noch Dampfhähne und Massageduschen, und wenn man beim Zähneputzen am falschen Knopf dreht, füllt sich das ganze Schlafzimmer mit Dampf wie der Set eines Hitchcock-Films. Von irgendwo aus dem Dampf klingelt das Telefon. Dann hört man Schritte im Flur, Stimmen. Inzwischen ist man in Richtung Fenster gestolpert, nackt, geblendet, nur die Zahnbürste zwischen sich und Paris.
Unser Zimmer im Hotel Tonic lag im obersten Stockwerk. Es gab drei Betten mit Tagesdecken aus Plüsch und einer Aussicht über die Dächer und die Straße. Uns gegenüber, eingefügt in den Fensterrahmen, war ein Junge, der allein zu Tina Turner tanzte. Wir lehnten uns hinaus, gegen das

metallene Schutzgitter, und beobachteten ihn, beobachteten die davonfahrenden Autos. Du legtest mir die Hand auf den Rücken, unter mein Hemd.

So liebten wir uns.

Du küsstest meinen Hals.
Der Junge tanzte.
Du küsstest meine Wirbelsäule.
Die beiden Taxifahrer stritten sich auf der Straße.
Du legtest mir die Zunge in den Spalt zwischen meinen Brüsten.
Unter uns knallte eine Tür zu.
Ich öffnete deine Beine über meinen Hüften.
Zwei Tauben schliefen unter den roten Dachflügeln.
Du fingst an, dich mit mir zu bewegen – Hände, Zunge, Körper.
Game Show-Gelächter aus dem Fernseher nebenan.
Du nahmst meine Brüste in beide Hände und ich zog dir deine Jeans aus.
Das Klirren von Flaschen auf einem Tablett.
Du hast kein Höschen an.
Eine Tür ging auf. Das Tablett wurde abgestellt.
Deine Brüste stecken in einem Käfig aus schwarzem Gittergewebe.
Autoscheinwerfer, vom Spiegel des Toilettentischs zurückgeworfen.
Leg dich mit mir hin.
Leg dich auf mich.
Und jetzt ganz ganz langsam …

Harry kann Französisch, er kann das Bier besorgen.
Tiefer.
Stella oder Budweiser?
Fester.
Willst du Nüsschen?
Mach, dass ich komme. Mach.
Ruf sie nach Mitternacht Ortszeit an, hat sie gesagt.
Fick mich einfach nur.
Hast du die Nummer?
Fick mich.

Am nächsten Morgen erwachte ich spät und drehte mich auf die andere Seite, um sie zu küssen.
Sie war gegangen. Das Laken war noch warm, aber sie war gegangen. Ich lag da, und meine wachsende innere Unruhe begann mit der sanften Schwere meines Körpers zu kämpfen. Ich hatte keine Ahnung, was ich tun sollte, also tat ich das Naheliegende – ich zog mich an und rannte um die Ecke zu unserem anderen Hotel.
Im Relais de Louvre war mein eigenes Zimmer leer. Kein Wunder. Dort fand ich meine Kleider und Reisetasche und ein Rückreiseticket. Ich hatte mir nun mal das Recht auf Gesellschaft verspielt.
Ich ging den Flur hinunter zu Zimmer 29. Die Tür stand offen. Das Zimmermädchen war beim Saubermachen.
»*Où est la mademoiselle?*«
Das Zimmermädchen zuckte mit den Achseln und schaltete ihren Staubsauger an. Paris wimmelt von Mademoiselles.
Ich rief bei der Rezeption an.

Rien.
Zimmer 29 hatte ausgecheckt, und es wurde keine Adresse hinterlassen.
Ich ging in ein kleines Café am Fluss und bestellte Kaffee und Croissants. Keine Schwierigkeiten. Keine Komplikationen. Nicht mal ein Abschiedswort. Das ist also das Ende.
Ich kam mir vor, als wäre ich zufällig in ein fremdes Leben getappt, hätte festgestellt, dass es mir dort gefiel, wäre dann wieder zurück in meins getappt, ohne einen einzigen Anhaltspunkt oder einen Hinweis oder eine Idee, wie ich die Geschichte beenden könnte.
Wer war ich letzte Nacht? Wer war sie?

Virtueller Weg

Nacht.
Ich loggte mich ins Netz ein. Ich hatte keine E-Mails. Du hattest die Geschichte verlassen. Hattest mich sitzen lassen. Warst einfach verschwunden.
Ich tippte deine Adresse ein.
Nichts.
Ich setzte eine Suchmaschine an, um dich zu finden.
Nichts.
Hier sitze ich nun wie ein Sünder im Beichtstuhl. Ich will dir sagen, wie ich mich fühle, aber auf der anderen Seite des Bildschirms ist niemand.

Was habe ich denn erwartet?
Dies ist eine virtuelle Welt. Dies ist eine Welt, die sich neu erfindet. Täglich bilden sich neue Landmassen und gehen dann unter. Neue Gedankenkontinente brechen vom Festland los. Manche profitieren von einem Passat, manche versinken spurlos. Andere sind wie Atlantis – fabelhaft, immer im Gespräch, aber doch unauffindbar.
Fundsachen werden an die Ufer meines Rechners gespült. Blechdosen und alte Reifen vermischen sich mit dem Zeug

der Piraten. Der versteckte Schatz ist wirklich da, aber kalfatert und fremdartig. Schwierig zu entdecken, weil ungewohnt, und die wenigsten von uns sind imstande, etwas zu sehen, was keinen Namen hat.
Stimmt, ich suche etwas.
Ich suche nach dem Sinn im Innern der Daten.
Deswegen grase ich meinen Bildschirm ab wie ein Strandgutsammler – auf der Suche nach dir, auf der Suche nach mir versuche ich, durch die Verkleidung hindurchzusehen. Vermutlich suche ich uns beide schon mein ganzes Leben lang.

SUCHEN

Es begann mit einem Versprechen:
»Solange ich am Leben bin, werde ich dich retten.«

In jener dunklen Nacht nahm ich eine Leiter und stellte sie gegen das Fenster, hinter dem ich wusste, dass du schliefst. Du würdest nicht schlafen.
Das Fenster war mit Eisen vergittert, und du warst wie ein Einsiedler hinter deinem Rost, und ich war eher ein Büßer denn ein Ritter, als ich dir etwas ins Ohr flüsterte und deine Finger berührte. Du sagtest, du würdest mich lieber bei dir haben in jener Nacht, als die Sonne am nächsten Tag aufgehen sehen.
Du warst für mich die Sonne und der Mond.
Ich packte die eisernen Gitterstäbe und riss sie aus dem Stein, und auch wenn ich meine Hand bis auf den Knochen durchschnitt, spürte ich es nie, sondern kam zu dir und lag mit dir zusammen in der Dunkelheit, in der Stille, dein Körper so weiß und weich wie Mondschein.

Am Morgen, als ich schon lange weg war und du lange schliefst, zog dein Diener die Bettvorhänge zurück und sah, dass die Decken und Kissen durchtränkt waren von Blut. Bald war bekannt, dass jemand mit dir in deinem Zimmer gewesen sein muss, und so begann das Gerede.

Du seist untreu. Du seist eine Heuchlerin. Du würdest auf dem Scheiterhaufen brennen.
Viele Male hat dich dein Herr und mein König schweren Herzens zum Scheiterhaufen verurteilt. Viele Male habe ich dich gerettet, indem ich mit deinem Kläger rang, denn der König, der aller Richter ist, kann nicht für seine eigene Frau kämpfen.

Ich heiße Lancelot. »Lancelot du Lac«, sagtest du und rudertest mit deinem Körper über meinen.

Ich war der Ort, an dem du deinen Anker warfst. Ich war das tiefe Wasser, in dem du schwerelos sein konntest. Ich war die Oberfläche, in dem du dein eigenes Spiegelbild sahst. Du schöpftest mich in deinen Händen.

Dass du mit jemand anderem verheiratet warst, war für mich nicht von Belang. Was ist wichtiger – eine tote Ehe oder eine lebendige Liebe? Du entschiedst dich niemals gegen deine gesellschaftlichen Verpflichtungen und zu Gunsten deines persönlichen Glücks, du verlangtest nur, dass das Glück da sei – ein Blick aus dem Fenster, ein Riss im Rahmen –, dass du hin und wieder herausgleiten, dich entkleiden, in mir schwimmen könntest.
Es gab nie eine Zeit, in der er dich rief und du nicht antwortetest. Du batest darum – ohne zu bitten –, dass, solange er dich nicht rief, eine Antwort nicht erforderlich sein würde.
Dann verlangtest du nach mir, und kein Falke war schneller am Handgelenk.

Ich rettete dich vor dem Feuer, doch das Feuer, das ich nicht löschen konnte, brannte zu unseren Füßen. Viele Male haben du und ich uns voneinander abgewandt, mit stolzer Miene, die Herzen scheinbar kalt, und nur unsere Füße, die bei jedem Schritt den sauberen Stein zum Schwelen brachten, verrieten uns.
Meine Füße, nackt und sauber auf dem kalten Boden meiner Reue, hinterließen überall, wo ich ging, Kohleflecken. Die Steinfliesen deines Herzens sind zu Kaminsteinen geworden. Wo immer wir auch standen, zu unseren Füßen war stets ein Feuer.
»Eines Tages wird uns das zerstören«, sagtest du, deine Lippen wie Zangen, die die brennenden Teile meiner selbst hin und her schoben.
Doch ich fragte mich, wie die Liebe uns zerstören könnte, wenn wir doch die Liebe waren? Wir waren kein Liebespaar. Wir waren die Liebe selbst.

Dein Mark ist in meinen Knochen. Mein Blut ist in deinen Adern. Dein Schwanz ist in meiner Möse. Die Schwere meiner Brüste ist unter deinem Kleid. Mein kämpfender Arm und deine Schulter sind an den Sehnen zusammengefügt. Mit deinen winzigen Füßen halte ich stand. In voller Rüstung trage ich nichts als dein Hemd, und wenn du deine Haare flichtst, wickelst du sie um meinen Kopf. Deine Augen sind grün. Meine sind braun. Wenn ich durch deine grünen Augen sehe, sehe ich die Wiesen leuchten vor Gras. Wenn du hinter meine Netzhaut kriechst, siehst du das Springen der Forellen im Schilfrohr des Sees.

Ich kann dich mit einer Hand hochheben, doch du kannst mich auf deinen Fingerspitzen balancieren. Gestern Nacht hast du mir vor Wut mit deinen Fäusten die Lippe blutig geschlagen, dann brichst du beim Anblick einer alten Narbe in Tränen aus.
Ich bin nicht verwundet, es sei denn, du verwundest mich.
Ich bin nicht stark, es sei denn, du bist meine Stärke.

Ihr Name ist Guinevere.

•••

Die Gerüchte nahmen zu. Es gab eine Verschwörung. Mordred und Argavaine warnten den König vor uns und machten sich auf, mich in deinem Zimmer zu ergreifen. Ich tötete alle zwölf dieser Feiglinge, die nach unserer Tapferkeit gierten, und es ist tapfer, zu lieben, denn Liebe ist der Erzfeind des Todes. Die Liebe ist der Zwilling des Todes, im selben Moment geboren, beide um die Herrschaft ringend, und wenn der Tod obsiegt, würde die Liebe dasselbe tun. Doch ist es einfacher zu sterben als zu lieben.

Der Tod wird mich zerschmettern, doch im Dienste der Liebe bin ich schon viele Male zerschmettert worden.
Es gab einen Tag, so erinnere ich mich, als ich dir in voller Rüstung nachritt und mein Pferd durch die Themse trieb, um dich zu finden. Auf der anderen Seite wurde mein Pferd niedergeschossen.
Ich folgte dir zu Fuß, doch meine Rüstung war so schwer, dass ich kaum vorankam, und mit dem größten Vergnü-

gen hätte ich mir Helm und Harnisch vom Leib gerissen, hätte mein Schild weggeworfen, nur kann ein Mann seine Rüstung nicht allein abnehmen.
Erschöpft und müde, ein Mann in eisernen Kleidern, kam ich endlich dorthin, wo du warst, und tötete deine Entführer und befreite dich.
Dann streckte ich wie ein kleines Kind die Arme aus und bat dich, mein Geschirr loszumachen und meine Metallhandschuhe aufzuschnüren. Ich kniete nieder und du hobst mein Visier und küsstest mich.
Abgenommen lag meine Rüstung wie ein Abbild meiner selbst auf dem Boden. Ich war mit dir nackt, die Schale des Helden zur Seite gelegt. Ich war nicht Lancelot. Ich war dein Geliebter.
Warum also den Tod fürchten, der nicht tiefer in den Körper dringen kann, als du in meinen gedrungen bist?
Warum also den Tod fürchten, der mich nicht weiter auflösen kann, als ich mich in dir auflöse, an diesem Tag, in dieser Nacht, immerfort?
Der Tod wird uns nicht trennen. Die Liebe ist so stark wie der Tod.

Dein Tod wurde für den nächsten Tag angeordnet.
Während die Soldaten dir die Hände banden und trockenes Stroh unter deine nackten Füße packten, ritt ich auf meiner weißen Stute heran, und niemand, der unter meinem Schwert fiel, scherte mich einen Deut. Ich zog dich hinter mich hinauf und brachte dich in mein eigenes Schloss und flehte dich an, mit mir nach Frankreich zu kommen, in mein Land, in mein Herz, für immer.

Du wolltest dein Ehegelöbnis nicht brechen.

•••

Und dann begannen die Kriege. Die Kriege, die uns alle zerstörten.

Die meisten gaben dir die Schuld, manche gaben mir die Schuld, doch unter der Anschuldigung unserer Liebe lag noch größerer Zorn verborgen, der darauf brannte, sich Luft zu verschaffen. Was als guter Grund begann, wurde zu einer guten Ausrede. Der Krieg wurde weitergeführt, weit über den Vorteil beider Seiten hinaus.

Ich ritt über verbrannte Felder und durch blutige Bäche und suchte dich. Meine Stute bahnte sich mit leichten Hufen ihren Weg über die Toten.

Man hatte mir gesagt, du seist in ein Kloster gegangen, und endlich fand ich dich dort. Ich stieg von meinem Pferd und ging in den Garten und sah durch das kleine Gitter.

Du warst dir meiner nicht bewusst. Du saßest auf einer niedrigen Bank, die Hände auf den Knien, Handflächen nach oben, als ob du ein Buch wärst, das du dich zu lesen bemühtest. Obgleich du ganz in Schwarz gekleidet warst und ich dein Gesicht nicht sehen konnte, beschrieben die Kurve deines Rückens, deiner Schultern, deines Halses einen Bogen, den ich kannte aus der Zeit, als ich dich geliebt hatte.

Ich betrachtete meine eigenen Hände, die dich überall berührt hatten, und ich packte das Gitter wie damals, und ich hätte es aus der Mauer gerissen, um zu dir zu gelangen, doch auf einmal blicktest du hoch. Du sahst mich. Du fielst in Ohnmacht.

Ich rannte zur Äbtissin und flehte sie an, mich zu dir in den Garten zu lassen. Unwillig tat sie es, denn du bist noch immer Königin und ich bin noch immer Lancelot, selbst wenn diese Namen bloß noch ein Geräusch sind.
Im Garten warst du wieder zu dir gekommen. Du warst groß, aufrecht, ernst. Während ich näher kam, strecktest du die Hand hoch, und gern hätte ich mir das Herz aus dem Leib gerissen und dich gezwungen, es an dich zu nehmen, wie du es einst an dich nahmst – den Kern meiner selbst in deinen Händen.

»Diese Liebe hat uns zerstört«, sagtest du.
»Nicht die Liebe, sondern der anderen Neid darauf.«
»Ich hatte kein Recht, dich zu lieben«, sagtest du.
»Aber du hast mich geliebt und du liebst mich jetzt.«

Ich machte einen Schritt auf sie zu. Sie schüttelte den Kopf.
»Du wirst mich nie wiedersehen, solange ich am Leben bin.«
»Lass dich küssen.«
Sie schüttelte den Kopf.

Ich ritt davon, und meine Tränen machten aus mir einen See, und sieben Nächte lang ritt ich ununterbrochen, wusste nicht wohin, unter trostlosen Felsen und durch erschöpfte Täler hindurch, bis ich an eine Kapelle kam und an eine Einsiedelei.
Ich hüllte mich ins Gewand des Einsiedlers und tat dort sieben Jahre lang Buße, und im siebenten Jahr hatte ich drei Mal in einer Nacht den gleichen Traum.

Im Traum hieß es, ich solle eine Totenbahre nach Almsbury tragen, wo ich feststellen würde, dass die Königin gestorben sei. Ich solle an der Seite ihrer Leiche nach Glastonbury laufen und sie an der Seite ihres Herrn und meines Königs begraben.
Am nächsten Morgen brach ich auf und erreichte nach zwei Tagen mein Ziel. Die Königin war eine halbe Stunde zuvor verstorben und hatte zu ihren Damen gesagt, sie bete, dass ihre Augen nicht mehr die Kraft haben würden, mich noch einmal zu sehen, solange sie am Leben sei.

Ich ging an ihrer Seite und es schien mir, als wären die Jahre zurückgesprungen und es wäre wieder Mai. Die Maienzeit, als ich durch den Wald gesandt wurde, um Guinevere zu König Arthur zu bringen, um ihn zu heiraten.
Während dieser ganzen langen Reise hatten wir miteinander geredet und gesungen und in einem juwelenbesetzten Zelt gegessen, nur wir beide. Da verliebte ich mich in sie, und ich habe es nie geschafft, sie nicht mehr zu lieben oder meinen Körper davon abzuhalten, bei ihrem Anblick aufzuspringen.
Es gibt keine Buße, die die Liebe besänftigen, und keine Reue, die sie verbittern kann.
Jetzt bist du mir verschlossen, ein Zimmer ohne Türen und Fenster, und ich kann nicht hinein. Doch unter dem weiten Himmel verliebte ich mich in dich, und das kann der Tod nicht ändern.
Der Tod kann den Körper verändern, aber nicht das Herz.

Große und ruinöse Liebespaare

Lancelot und Guinevere
Tristan und Isolde
Siegfried und Brünnhilde.
Romeo und Julia.
Cathy und Heathcliff.
Vita und Violet.
Oscar und Bosie.
Burton und Taylor.
Abelard und Heloise.
Paolo und Francesca.

Es gibt noch viele andere. Dies ist eine Liste, die man selber schreiben kann. Manche sind großartiger als andere. Manche ruinöser. Manche Geschichten sind viele Male erzählt worden, andere im Vertrauen und im Brief. Das Drehbuch der Liebe hat endlos viele Anfänge. Figuren und Kulissen wechseln sich ab. Es gibt drei mögliche Formen des Finales: Rache. Tragödie. Vergebung.

Die Geschichten, die wir uns bis spät in die Nacht anhören, sind Liebesgeschichten. Es scheint, als könnten wir nicht genug erfahren über dieses Rätsel unseres Lebens. Immer wieder kehren wir zu denselben Szenen, denselben Worten zurück, versuchen, die Bedeutung herauszukratzen. Nichts könnte vertrauter sein als die Liebe. Nichts anderes ist so vollkommen unbegreiflich.

Ich weiß nicht, ob die Wissenschaft irgendwann ihre große Theorie des Universums formulieren wird oder nicht. Ich weiß aber, dass es dadurch nicht leichter sein wird, den einfachen Text unserer Herzen zu lesen. Er ist einfach, aber er wirkt wie unentschlüsselbare Hieroglyphen. Wir werden zu Spezialisten unserer eigenen Ägyptologie ausgebildet, in der Hoffnung, dass uns die Fragmente etwas sagen werden. Nachts arbeiten wir als Alchimisten, ringen darum, die gespiegelten und verdrehten Buchstaben zu entziffern. Wir sind Leute, die mit dem Finger ein wundersames Buch nachzeichnen, doch sobald wir uns daranmachen, es noch einmal zu lesen, sind die Buchstaben verschwunden. Ständig muss das Buch neu geschrieben werden. Buchstabe für Buchstabe, mehr können wir oft nicht tun.

Meine Suche nach dir, deine Suche nach mir ist eine Suche nach dem Unauffindbaren. Nur das Unmögliche lohnt der Mühe. Was wir suchen, ist die Liebe selbst, die hin und wieder in menschlicher Gestalt auftritt, die uns jedoch jenseits unserer Menschlichkeit in tierische Instinkte und göttergleichen Erfolg hineindrängt. Die Liebe, die wir suchen, besiegt das Menschliche. Sie birgt eine Wildheit und eine Herrlichkeit in sich, die wir dringlicher wollen als das Leben selbst. Die Liebe zieht nie Bilanz, weder für sich selbst noch für andere, und nichts ist so grausam wie die Liebe. Es gibt keine Liebe, die nicht Hände und Füße durchbohrt.

Bloße menschliche Liebe befriedigt uns nicht, obwohl wir uns damit zufriedengeben. Sie ist ein Lager am Rande der Wildnis, und wir entzünden das Feuer und drehen die Lampe heller und erzählen uns bis spät in die Nacht die Geschichten jener großen Liebespaare, die einander verloren und gewonnen haben.

Die Wildnis ist ungezähmt. Sie wartet – herrlich und schrecklich – jenseits des Lagerfeuers. Gelegentlich steht jemand auf, um zu gehen, gezwungen, die Landkarte seiner selbst zu lesen, in der Hoffnung, dass es den Schatz wirklich gibt. Ihre Reiseberichte kommen in Form von Notizen zu uns zurück, manchmal ist es bloß ein Brief in der Tasche eines Toten.

Die Liebe ist den Tod wert. Die Liebe ist das Leben wert. Meine Suche nach dir, deine Suche nach mir reichen über das Leben und den Tod hinaus und werden zu einem einzigen langen Ruf in der Wildnis. Ich weiß nicht, ob das, was ich höre, eine Antwort ist oder ein Echo. Vielleicht werde ich auch gar nichts hören. Es spielt keine Rolle. Die Reise muss gemacht werden.

Öffne sie

Nacht. Die Suchmaschinen ruhen.
Immer wieder werfe ich Geschichten über Bord wie eine Flaschenpost, in der Hoffnung, dass du sie liest, in der Hoffnung, dass du antworten wirst.
Du antwortest nicht.
Ich habe dich davor gewarnt, dass sich die Geschichte in meinen Händen verwandeln könnte. Ich habe vergessen, dass sich auch der Erzähler verändern kann. Ich war in deinen Händen.

Später, viel später, erscheint ein Flugticket auf dem Bildschirm – das Reiseziel heißt Neapel.
Vielleicht willst du eine Oper statt einer Geschichte.
Vielleicht, aber die Geschichte ist schon weiter. Da ist sie, auf den Wellen, misst ihre Kräfte mit den Tragflügeln und Yachten reicher Männer. Sie sieht aus wie eine Plastikflasche, doch es steckt etwas drin.

Du dachtest, du könntest etwas anfangen und nach Lust und Laune abbrechen, stimmt's? Angucken, weglegen. Ein bisschen drin rumblättern. Eine Gutenachtgeschichte.

Freiheit, nur für eine Nacht.

•••

Jetzt liest die Geschichte dich, Zeile für Zeile.
Weißt du, was als Nächstes passiert?
Los, öffne sie.
Öffne sie …

ANSICHT

Eine Felseninsel. Zur See hin. Überdacht mit Vögeln.
Die Insel ist wie ein Gedanke, aus dem Brüten der See gezogen.
Die Insel ist die Idee ihrer selbst – eine Fantasie-Insel und eine reale – real und Fantasie, gemeinsam vom Spiegel des Wassers zurückgeworfen.
Sieh in den Spiegel. Was siehst du?
Dort ist Tiberius, der sich vor den Reichsverschwörungen versteckt. Dort ist er, Herrscher der antiken Welt, aus Neapel in einer Galeere mit hundert Riemen hierhergerudert worden, jeder Schlag mit dem Holz zum Schlag auf der Trommel, während ihn die Flöten in den Schlaf trösten.
Er nannte Capri einen heiligen Ort und schmückte seine bewaldeten Hänge mit Villen und Tempeln und *nymphaea* und Schreinen. Unter der Tourismusindustrie liegen heute die Überreste der professionellen Gottheiten begraben. Das Mosaik der Vergangenheit ist ein Fragment – eine Scherbe farbigen Glases, die Ecke einer Kachel –, doch die Gegenwart ist kein bisschen vollkommener. Die Farbe ist bloß frischer.
Von einem offenen Boot aus recken die Touristen die Hälse, um die Villa Jovis zu begaffen. Die Felswand ist glatt und unbezwingbar. Ganz oben erscheint ein Mensch, punktgroß.

»*Èccola!*«, sagt der Führer. »Von jener Stelle aus stieß Tiberius seine Opfer in den Tod. *Morte! Morte! Morte!*« Ausdrucksvoll streckt er die Hände von sich, und die Gruppe schirmt die Sonne vor den geschirmten Augen ab, um sich den herabstürzenden Körper, verdreht durch die Zeit, besser vorstellen zu können.
»Auch Frauen«, sagt der Führer. »*Era cattivo il nostro Tiberio*«, und dann spuckt er aus.

Natürlich kann es gut sein, dass der garstige Suetonius ein Verleumder war. Möglicherweise hat Tiberius keinen einzigen seiner Feinde ins Raum-Zeit-Kontinuum geschleudert. Eine Fantasie-Insel erfindet sich selbst. Sie nimmt an ihrem eigenen Mythos teil. Diesem Ort gelingt es irgendwie, mehr anzudeuten als zu enthüllen. Capri ist gründlich geplündert worden – ihre Wälder, ihre Schätze, ihre Geschichten. Seit über zweitausend Jahren ist die Insel wohlbekannt. Und doch schlüpft sie ebenso leicht durch das Netz des Wissens wie die kleinen Fische im Hafen.

Die Marina Grande wurde im neunzehnten Jahrhundert für die schicken Dampfschiffe gebaut, die die schicken Engländer in die schicken Hotels brachten. Aquatinta-Zeichnungen vom Hafen zeigen, wie Gepäck auf Handkarren gestapelt wird, im Grunde so wie heute, und dort, wo sich der Taxistand befindet, drängeln sich die Pferde- und Esel-Landauer um Kundschaft.
Die Bergbahn, im Jahr 1906 fertig gestellt, verbindet den Hafen mit dem großen Platz. Während der steilen, Schwindel erregenden Fahrt meint man, Opfer einer zi-

vilisierten Variante jener Tiberius-Methode zu werden. Sollte die Spannung zwischen dem Waggon nach oben und dem Waggon nach unten nachlassen, würden beide Waggons durch die roten Ziegeldächer der nebeneinander stehenden Häuser krachen, und der Zug würde, Olivenbäume und Weinstöcke als Andenken sammelnd, mitsamt den Fahrgästen ins Meer rasen, Nase voran, mit gebrochenem Rücken, um sich zu den anderen, nie geborgenen Wracks zu gesellen.

Dies passiert nicht. Der Waggon nach oben bremst den Waggon nach unten ab, während der Waggon nach unten den Waggon nach oben antreibt. Die Fahrgäste sind an Bord. Es ertönt ein Glöckchen, wie beim Beginn einer Prüfung. Der Fahrer, der auf italienische Weise herumgesessen und einen Fingerhut Kaffee getrunken hatte, schiebt ihn beiseite, taucht in seine Kabine und macht die Bremse los.

Es ist der Handlungsmoment, der unvorbereitet ist.

Während ich im vorderen Waggon stehe und mich am Geländer festhalte und spüre, wie sich der Zug durchs Sonnenlicht in Richtung Tunnel bewegt, komme ich mir vor, als ob ich geboren werde. Während er in den Tunnel einfährt, stelle ich fest, dass ich die Stange umklammere und außerstande bin, den Blick von dem Punkt abzuwenden, wo sich die Gleise teilen. Sie teilen sich zu einem gekrümmten Diamanten, einer Vulva, einem dunklen Mund – dies ist eine der vielen Höhlen auf der Insel, wo sich ein Übergangsritus vollzieht.

Dann sind wir wieder draußen, hinein in den Sonnenschein, hinein in das geschäftige Treiben des Hafens, mit einem Blick zurück auf den langsamen Zug der Seelen, die dieses Leben verlassen.

Damals wie jetzt kommt man auf angenehmste Weise von der Marina Grande zum Platz, indem man privat gefahren wird, immer wieder um die unmöglichen Kurven herum, der Fahrer mit einer Hand am Steuer, die andere unablässig auf der Hupe. Eher würde er das Steuer loslassen, als das Hupen aufgeben.

Die Autos ohne Verdeck sind die beliebteren, und wer nicht das Glück hat, ein Fabrikmodell zu besitzen, richtet sich seinen Wagen selbst her. Sie sägen das Dach ab, lassen die Fensterstützen stehen oder auch nicht. Dann montieren sie eine Bambusmarkise und befestigen sie, einmal an der Windschutzscheibe und einmal am Kofferraumdeckel, mit rostigen Krokodilklammern. Solche, mit denen man sich eine leere Batterie überbrücken lässt.

Diese Bambusautos transportieren alles – Kinder, Hunde, Taschen, Räder, Boote. Einmal sah ich, wie ein Fahrer ein Dingi auf seiner Motorhaube festschnallte. Dann fuhr er los, um die vielen Kurven herum, Bug voran, diesmal beide Hände auf der Hupe. Als Sicherheitsmaßnahme, sagte er.

Die schicken Hotels sind sehr schick. Das älteste, La Palma, liegt in einem hauseigenen tropischen Garten und bietet seinen Gästen einsame, schattige Tische, von denen aus sie die Menge wohlhabender Leute beim Einkaufsbummel beobachten können, deren Augen funkeln vor lauter Cartier und Vuitton.

Diese Läden haben schon immer ein gutes Geschäft gemacht. Im fünfzehnten Jahrhundert kamen die Medicis hierher, um Kameen zu kaufen. Im achtzehnten Jahrhundert waren es Antiquitäten für die Engländer. Im neunzehnten Jahrhundert kauften Dandys, Witwen und Homosexuelle Bürsten mit silbernen Rücken und goldene Zigarettenetuis, die stapelweise neben den Souvenirs von Pompeji auslagen.

Jetzt verstopfen Pauschaltouristen aus Sorrent, auf ihrem programmgemäßen Tagesausflug, den glatten Geldfluss zwischen Händler und Käufer. Die schönen alterslosen Frauen und ihre leicht finsteren grau melierten Männer müssen sich vor den Luxusvitrinen mit roten Beinen und schlechten Frisuren drängen, während sich die herumirrende Kurze-Hosen-Fraktion laut fragt, was das alles kostet, bevor sie zum nächsten Eis schreitet.

Nachts, wenn die Insel zum Teil wieder in der Hand der Reichen ist, hängen die Paparazzi vor dem Eingang des Quisiana herum und warten darauf, einen Schnappschuss von einem Filmstar oder einem Skandal zu erhaschen, oder, besser noch, von beidem gleichzeitig.

Eine junge Hoffnungsvolle steht in Abendgarderobe im Eingangsbereich. Sie trägt eine seidene Handtasche und ihr Haar ist dunkel wie das Meer. Sie ist niemand. Die Kameras blicken in die andere Richtung.

Das Quisiana. Das Hotel, in dem Oscar Wilde abstieg, nachdem er aus dem Gefängnis entlassen wurde. Er schrieb sich als Sebastian Melmoth ein und setzte sich erschöpft hin, um zu Abend zu essen, worauf ihn der Direktor zum Gehen aufforderte.

Diese Kellner in ihren weißen Jacken, diese Direktoren in ihren dunklen Anzügen, die Händler in Leinenkleidern und handgenähten Hemden wissen, was jeder Einzelne wert ist, und was jedem Einzelnen etwas wert ist. Das Gleichgewicht zwischen Unterwerfung und Manipulation ist ebenso auf die Sekunde genau abgestimmt wie das Losmachen der Bergbahnbremse. Solche Spannungen ermöglichen den reibungslosen Ablauf des Systems. Die Insel selbst ist eine Spannung zwischen Land und Meer, Höhe und Tiefe. Armut und Reichtümer haben schon immer auf je einer Seite des Olivenbaums gelebt. Der Widerspruch zwischen Unschuld und Wissen steht in den Gesichtern der Jungen und im Gelächter der Mädchen geschrieben. Capris Erfolgsgeheimnis besteht darin, diese Spannungen zu erhalten.

Nicht zu schlaff, nicht zu fest, das ist Capri.

Ich saß an einer Bar auf dem Platz. Eigentlich saß ich auf dem Platz selbst, so weit hatte die Bar ihr Revier aus Bambusstühlen unter untertassengroßen Bambustischen ausgedehnt.

Ich hatte meinen Laptop auf dem Schoß – er hätte sonst nirgends hingepasst –, trank einen Espresso und aß ein Stück *torta caprese*, als ich sah, wie du, gerade noch jenseits der Bar, den Platz überquertest.

Du trugst ein ärmelloses Kleid und Sandalen und mir ging auf, dass du eine dieser schönen alterslosen Frauen warst, und dass der Mann an deiner Seite leicht finster ist und grau melierte Haare hat. Ich weiß, was ich bin – klein, verschwindend, ein Außenseiter –, niemand würde mich ein zweites Mal ansehen, selbst wenn ich ihm beim ersten

Mal aufgefallen wäre. Du warst es gewohnt, angeschaut zu werden, das sah man.
Du bliebst vor einem Laden stehen, wo es schweren Amethystschmuck gab. Wie ein Dschinn tauchte die Verkäuferin auf und hatte dich bald im Innern zugestöpselt. Dadurch hatte ich genug Zeit, meine Rechnung zu bezahlen, meinen Laptop einzupacken und deinen Mann zu beobachten. Falls es dein Mann war.
Er hatte die Hände in den Taschen. Dann warf er einen Blick auf seine Armbanduhr. Dann setzte er seine Sonnenbrille auf. Dann ging er, um sich den Hafen von oben anzusehen. Dann kam er wieder und marschierte vor dem Laden auf und ab. Dann ging er und warf eine Münze ins Teleskop. Allem Anschein nach handelte es sich hierbei um einen Mann, der mit der Fernbedienung durchs Leben ging und unablässig durch die Kanäle zappte. Da er nichts fand, was ihn interessierte, schaltete er ab und starrte in die Luft.
Du kamst aus dem Laden und lächeltest wie ein Filmstar. Du hattest ein Päckchen in der Hand. Du nahmst seinen Arm. Du redetest die ganze Zeit, zeigtest auf dies und jenes, und er nickte kurz, begriff eine Sekunde lang, rief sich ins Bewusstsein, sich zu amüsieren.
Ich folgte euch beiden, nicht weit, hinunter zum Quisiana und versteckte mich hinter einer Meute Amerikaner und ihrem Reiseführer. Du wartetest am Lift, als du dich plötzlich umdrehtest und auf den Empfang zugingst. Das war meine Chance – nicht, mit dir zu reden, sondern deine Zimmernummer herauszufinden. Ich stieg mit deinem Mann in den Lift, stieg mit ihm im dritten Stock aus und

ging absichtlich an ihm vorbei, während er hinter der Tür von Zimmer 29 verschwand.
Also gut.
Jetzt musste ich nur noch warten.

Es war Abend. Die Luft war wie ein Kuss.
Ich saß auf einem Mäuerchen gegenüber vom Quisiana. Die Paparazzi scherzten miteinander. Ein Mann mit einem Akkordeon spielte auf einem Balkon für eine Gruppe Japaner. Seit mehreren Stunden hatte ich dagesessen, sicher versteckt hinter meiner Dolce & Gabbana-Sonnenbrille, der Rahmen dünn wie der Schlitz in einer Burka. Ich hatte nicht vorgehabt, modisch zu sein, hatte bloß meine Sonnenbrille in Italien gekauft, was aufs selbe hinausläuft.
Ich tippte auf meinem Laptop und versuchte, diese Geschichte vorwärts zu bewegen, versuchte, Enden zu vermeiden, versuchte, die wirklichen und die ausgedachten Welten kollidieren zu lassen, versuchte, mich zu vergewissern, welche welche ist.
Je mehr ich schreibe, desto mehr entdecke ich, dass die Trennwand zwischen echt und erfunden so dünn ist wie die Wand eines billigen Hotelzimmers. Ich höre Stimmen auf der anderen Seite, höre, wie Wasserhähne aufgedreht werden, wie Flaschen klirren, wie sich eine Tür öffnet und schließt. Wenn ich aufstehe und hinaus in den Flur gehe, ist alles still, ist niemand da. Dann, sobald ich den Eindruck habe, ich kennte die Geographie dessen, was nicht ist und was ist, sagt eine Frauenstimme: »Du begreifst es nicht, stimmt's?«

Wenn ich an meinem Computer sitze, akzeptiere ich, dass die virtuellen Welten, die ich dort vorfinde, parallel zu meiner eigenen Welt verlaufen. Ich rede mit Leuten, deren Identität ich nicht nachprüfen kann. Ich verschwinde in einem Netz aus Koordinaten, von denen wir behaupten, dass sie die Welt verändern werden. Welche Welt? Welche der Welten?

Früher war es so, dass das Wirkliche und das Erfundene Parallelen waren, die sich niemals berührten. Dann entdeckten wir, dass der Weltraum gekrümmt ist, und in einem gekrümmten Weltraum berühren sich parallel verlaufende Linien immer.

Das Denken ist ein gekrümmter Weltraum. Das, was wir erleben, das, was wir erfinden, läuft nebeneinanderher, Spur neben Spur, dann geht es ineinander über, der Bremshebel gelöst. Atom und Traum.

Es war Nacht.

Er schlenderte auf die Terrasse und ein Kellner führte ihn zu einem Tisch. Ja, ich wusste, was sie gerade tat. Ich hatte es schon einmal gesehen.

Schnell ging ich ins Hotel hinein, rauf in den dritten Stock und den Flur entlang zur Tür von Zimmer 29. Sie kam gerade heraus, in einem kleinen Schwarzen, überflog ein letztes Mal ihr Gesicht, ehe sie den silbernen Spiegel zuklappte und in ihre Tasche zurückgleiten ließ.

Ich stand still, wartete, bis sie fertig war.

Auf einmal sah sie hoch, vollkommen verblüfft.

»Was machst du hier?«

»Freust du dich nicht, mich zu sehen?«
»Ja. Nein, hör zu, ich kann heute Abend nicht.«
»Hab ich gesehen.«
»Du hast mir nachspioniert.«
»Nur ein bisschen. Ist er dein Mann?«
Sie nickte.
»Wie wär's denn mit morgen – zum Mittagessen?«
Sie schüttelte den Kopf.
»Dann wähl du eine Zeit.«
»Wie wär's mit dem Mittelalter?«
»Da ist das Essen nicht so gut.«

Sie ging den Flur hinunter und auf den Lift zu. Ich hielt mit ihr Schritt, streckte jedoch nicht meine Hand aus. Sie runzelte die Stirn und schwieg, während wir lautlos in dem beweglichen Spiegelkabinett nach unten rasten. Als wir im Foyer ausstiegen, blieb sie stehen.

»Das ist keine gute Idee.«
»Du hast mir gesagt, du würdest hier sein.«
»Ich hätte nicht gedacht, dass du mir nachreisen würdest.«
»Betrachte es einfach als Zufall.«
»Ich muss jetzt gehen. Komm mit mir zusammen raus und verabschiede dich von mir.«
»Verabschieden?«
»Ich will nicht in Erklärungsnot geraten.«
»Was mich betrifft oder ihn?«
»Was euch beide betrifft.«
»Also sagst du jetzt einfach, du hättest mich zufällig im Foyer kennen gelernt.«

»Falls er was merkt.«
»Je nachdem, auf welchem Programm er ist.«
»Was?«
»Egal.«
»Mach keine Szene, ja?«
»Ich bin keine Bühnenautorin.«
»Ali?«
»Ja?«
»Tut mir Leid.«

Sie drückte meine Hand und ging hinüber zu ihrem Tisch. Er stand auf. Es wartete ein Glas Champagner auf sie. *»Deux coupes de champagne.«* Hatte sie in Paris gesagt. Jetzt war es vermutlich *»Due coppete di champagne«*. Der Champagner ist wie Englisch eine internationale Sprache. Sie beherrschte sie fließend.
Ich zögerte, beobachtete die beiden und beschloss dann, eine Nachricht an der Rezeption zu hinterlassen. Ich schrieb – »Pizza Materita – Anacapri – bis 22.30 Uhr«.

•••

Ich bleibe nie in Capri. Für meinen Geschmack ist es dort zu voll, zu teuer und zu laut. Ich miete mir immer ein kleines Zimmer in Anacapri, hoch oben auf dem Berg mit Blick übers Meer. Ich lese, schwimme, arbeite und füttere die herrenlosen Katzen mit Hackfleisch.
Als ich zum ersten Mal hierher kam, erkannte ich an den mitleidigen Blicken der Metzger, dass ich in ihrer Vorstellungswelt den Platz der Inglese einnahm, die immer nur Hackfleisch isst. Das war doppelt erniedrigend, da ich

offenbar auch noch jeden Tag »ein halbes Pfund Kaffeekanne« verlangte. Ich hatte *macchinetta* mit *macinato* verwechselt. Das eine ist Hackfleisch, das andere sind diese stählernen Kaffeekannen, die man auf dem Herd erhitzt.
Anacapri ist ein kleines Dorf hoch oben auf der Insel. Dort gibt es einen verkehrsreichen Platz, wo der Bus hält und wo die Touristen hingehen, um mit dem Sessellift auf den Monte Solano zu fahren, wo es dann später »English Toast« gibt, wie das Schild anpreist.
Es gibt ein paar schicke Geschäfte, die vom Platz wegführen, und das übliche Gedränge von Touristenständen, aber es gibt auch noch etwas anderes, das ich mir nicht ganz erklären kann …
Ungefähr auf halbem Wege die Via Orlandini hinunter, und aus keinem für mich ersichtlichen Grund weist ein unsichtbarer Zaun die Touristen ab. Sie kehren um. Ja, genau das ist es, sie kehren um.
Geht man weiter, kommt man zum wahren Herzen von Anacapri. Dort steht die Kirche. Davor liegt der Platz. Es gibt Gemüsehändler und einen Fischverkäufer und eine Bäckerei und Marktläden und einen Buchladen und eine Apotheke und alles, was man braucht. Und keine Touristen.
Warum also bin ich kein Tourist?
Ein Tourist könnte überall sein. Der Ort spielt keine Rolle. Er ist nur ein anderes Fernsehprogramm.

Ich ging zur Bushaltestelle in Capri, und dann war ich an der Reihe, zusammen mit den Matronen und den von der Schicht kommenden Kellnern in der winzigen, kehligen Dieselpistolenkugel von einem Bus zu stehen, der auf sämtlichen Zylindern die leiterähnliche Straße hinaufschießt. Die Klippe ist wegen herabstürzender Steine mit einem Netz überzogen, und hier und da lächelt eine in die Felswand geschnitzte Madonna unter ihrem blauen Licht auf uns herab.

Jedes Mal, wenn wir eine bestimmte Kurve erreichen, bekreuzige ich mich. Der Rest des Busses auch.

An der Piazza Monumentale steigen wir aus, und die Frauen verschwinden mit ihren Einkaufsnetzen, und die Männer stehen noch ein bisschen zusammen, Jacken über die Schultern geworfen, und zünden sich eine Zigarette an. Ich gehe hinunter auf den unsichtbaren Zaun zu und verspüre ein leichtes Kribbeln, während ich hindurchgehe. Dann bin ich durch. Dann bin ich auf der anderen Seite.

Ich kenne die Leute vom Pizza Materita, und sie finden immer einen Tisch für mich auf ihrer Terrasse, von der man auf die Kirche und den Platz blickt. Ich bestelle nicht sofort etwas, dennoch bringt jemand einen Krug Rotwein und einen Brotkorb.

Ich sehe, wie Papa mit seinem langstieligen Paddel die Pizzen in den Holzofen schiebt und wieder herauszieht. In der Nähe sitzt Mama an der Registrierkasse, die Brille an einer Kordel um den Hals. Die Tochter und der Schwiegersohn kümmern sich um die Gäste. Sie ist dunkel und wunderschön. Er ist jung und gut aussehend, das Haar zurückgebunden wie ein Pirat.

Das Essen ist sehr gut – alles Geheimrezepte, sagen sie – und sie freuen sich über ihre Kochkünste und einander und das neue Baby. Man kann die Freude schmecken, stark wie Basilikum.

Und dann lief es genauso ab, wie ich es mir vorgestellt hatte. Du kamst.

•••

Du hattest das kleine Schwarze ausgezogen und trugst Combats und ein Kapuzenshirt. Das heißt ein Kapuzenshirt aus Kaschmir. Deine Haare waren zu einem Pferdeschwanz zusammengebunden und die Ringe und der Schmuck waren verschwunden.
Du sahst mich, du kamst und setztest dich, den Kopf einen Augenblick aufgestützt, dann lächelnd.
»Du Miststück.«
»Hier sprechen sie nur Italienisch.«
»Sehr witzig.«
»Warum bist du gekommen?«
»Was glaubst du denn, warum ich gekommen bin?«
»Du bist Zwilling und musst an zwei Orten gleichzeitig sein.«
»Danke für die Küchenastrologie.«
»Gut, dann eben ein bisschen Küchenpsychologie – ihr habt euch gestritten und du bist davongestürmt.«
»Zufälligerweise bin ich das, deswegen kann ich jetzt hier sein, aber das ist nicht der Grund.«
»Okay. Dann sag's mir.«
»Das ist der Grund.«
Sie küsste mich.

•••

Während wir redeten, wurde uns das Essen gebracht. Wir aßen beide Bresaola auf Rauke mit durchsichtigen Parmesanscheiben. Für sie gab es danach einen frischen Fisch, in Pergamentpapier gewickelt und im Holzofen gebacken. Ich aß eine Pizza mit einem Teig so knusprig wie Lava, mit Bläschen hier und da und einer schwarzen Kruste, belegt mit Büffelmozzarella und frischen Staudentomaten.

Ich ließ meinen Blick über den Platz schweifen. Mütter und Großmütter saßen und plauderten, während die Männer in Grüppchen herumstanden. Die Kinder spielten irgendeine komplizierte Version von Verstecken, bei der sie die Kirchentür als Abschlag benutzten.

Ein Australier in kurzen Hosen und Stiefeln und einem Hemd mit Schweißflecken betrat den Platz und zog einen Frisbee aus seinem Rucksack. Er war leicht übergewichtig, seine Freundin war gebräunt und schlaksig. Sie fingen an, einander den Frisbee zugleiten zu lassen, vorsichtig, leise, sie flitzte hin und her und er stand still und fing ihn jedes Mal, als ob er ihn zu sich gerufen hätte.

Nach und nach machten die italienischen Kinder mit, und dann ein paar Eltern, bis der ganze Platz von ungefähr zwanzig Frisbee spielenden Menschen gesäumt war. Die Australier konnten kein Italienisch und die Italiener machten sich nicht die Mühe, Englisch zu spechen. Spielregeln, Form und Technik wurden in Zeichensprache und Körpersprache ausgeführt, und Gelächter war der Dolmetscher.

Stell dir den Platz vor.

An einer Längsseite befindet sich die Pizza Materita. Am Kopfende befindet sich die Kirche. An der anderen Längs-

seite befinden sich ein kleineres Lokal und ein paar Häuser. Die vierte Seite des Platzes öffnet sich zur Straße hin.
Die Santa Sophia-Kirche hat ein großes Portal, und links und rechts davon stehen zwei symmetrische Nischenfiguren. Eine stellt den heiligen Antonius dar, Schutzpatron von Anacapri, und die andere ist die Madonna.
Aufgeregtheit, Gelächter, der in einem Bogen vorbeischnurrende Frisbee, neue Leute, die dazustoßen, andere, die sich müde ausklinken, dann auf einmal wirft ein Junge den Frisbee zu hoch und zu schnell, und die lilafarbene Plastikscheibe landet fein säuberlich auf dem Kopf der Madonna.

O dio, adesso cosa facciamo?
Niemand weiß sich einen Rat.
Plötzlich tritt eine schwarz gekleidete Matrone aus der Menge. Sie nimmt den Australier bei der Hand und stellt ihn unter die Statue. Sie bekreuzigt sich und bedeutet ihm, dasselbe zu tun. Ungeschickt tut er es.
Dann ruft sie nach ihren beiden Söhnen – große, schwere Männer in kurzärmligen Hemden. Auch sie bekreuzigen sich vor der Madonna und nehmen geduldig den Australier in ihre Mitte.
Die Matrone holt ihre Enkel, die im Teenageralter sind und lang wie Bohnenstangen. Sie bekreuzigen sich und man bedeutet ihnen, auf die Schultern der drei Männer hinaufzuklettern, die jetzt breitbeinig dastehen, die Arme gegenseitig um die Hüften geschlungen.
Die Matrone pfeift und ein kleines Kind, ungefähr einen Meter groß, kommt angelaufen und klettert behände das

menschliche Gerüst hinauf. Die Teenager beschweren sich, während an Haaren, Augen, Mündern und Ohren geziept und gezerrt wird, bis der Junge oben ist. Er beugt sich nach vorn, um den Frisbee vom Kopf der Madonna zu schnipsen. Am Boden wird geflucht. Er sieht hinunter, wo die Matrone ihre Faust nach ihm schüttelt. Schuldbewusst nickt er, bekreuzigt sich und fängt noch mal von vorn an. Er packt ihn und dreht sich mit einem Freudenschrei um, festgeklemmt auf den Schultern seiner Cousins. Deren Hände umklammern seine dünnen Knöchel. Er sagt etwas, sie lassen ihn los und er springt in die Luft, beide Hände überm Kopf, den Frisbee in der Hand wie einen Fallschirm. Er springt in die Luft, als ob er selbst aus Luft wäre, federleicht, grenzenlos, unberührt vom Beharren der Schwerkraft.

Im Augenblick zwischen Fliegen und Fallen ist seine Mutter losgelaufen. Sie fängt ihn mit einer schaukelnden Bewegung auf, und beide stürzen zu Boden.

Da ist sie, schimpft und lobt zur gleichen Zeit, während sich alle versammeln und Wein aus dem Lokal geholt wird, und Eis in einer Schale so groß wie ein Brunnen.

Alle salutieren vor der Madonna. Der Madonna der Plastikscheibe. Der Madonna des Missgriffs. Der Madonna, die alles sieht und alles vergibt. Der Madonna, die Spaß versteht.

Heute Nacht, wenn die Fensterläden geschlossen sind und der Platz im Sternenlicht ruht, werden die Madonna und der heilige Antonius vielleicht über die Spiele lachen und die Ereignisse des Tages, wie immer, Revue passieren lassen – als Zeugen und Hüter des unsichtbaren Lebens.

So viele Leben sind zu einem einzigen zusammengeschachtelt. Das eine Leben, das wir zu kennen meinen, ist nur das Fenster, das auf dem Bildschirm geöffnet ist. Das große Fenster voller Einzelheiten, bei dessen Studium oftmals der Sinn verloren geht vor lauter Fakten. Wenn es uns gelingt, dieses Fenster, absichtlich oder per Zufall, zu schließen, ist das, was wir dahinter entdecken, eine neue Aussicht.

Jenes Fenster ist leerer. Die Querverweise sind kryptisch. Während wir uns daran herunterscrollen auf der Suche nach irgendetwas Vertrautem, scrollen wir uns offenbar in ein anderes Selbst hinein – eines, das wir zwar erkennen, aber nicht einordnen können. Die Koordinaten fehlen, oder aber die Koordinaten legen uns auf ein Ziel fest, das außerhalb der Grenzen unserer Existenz liegt.

Wenn wir uns weiter zurückbewegen, durch ein kleineres Fenster, das in Wirklichkeit ein Tor ist, gibt es immer weniger, woran wir uns messen können. Wir betreten eine dunkle Region. Es erscheint vielleicht nur ein einziges Wort. Ein Icon. Dieses Icon ist eine persönliche Madonna, ein Begleiter, eine Übereinkunft. Oftmals erinnern wir uns daran, aus unseren Träumen. »Ja«, sagen wir. »Ja, dies ist eine Welt. Hier bin ich schon einmal gewesen.« Sie kommt zu uns zurück wie ein Duft aus der Kindheit.

Diese Leben, die auf uns einwirken, müssen angehört werden.

Wir sind unsere eigene Oral History. Lebende Zeitmemoiren.

Die Zeit wird in unseren Körper heruntergeladen. Sie ist in uns enthalten. Nicht Vergangenheit und Zukunft, son-

dern Endlosigkeit. Wir halten uns für geschlossen und endlich, dabei sind wir multipel und unendlich.
Dieses Leben, das Leben, das wir kennen, steht im Zeichen der Sonne. Es ist Tag und die Sterne und Planeten, die uns umgeben, sind unsichtbar. Die Ahnung anderer Leben, die noch immer unsere eigenen sind, wird uns in nächtlicher Dunkelheit und in unseren Träumen klarer. Hin und wieder zeigt uns eine Sonnenfinsternis am Tage das, was wir normalerweise nicht selbst sehen können. Während sich unsere Sonne verdunkelt, erscheinen andere Brillanzen. Und dann ist da die sonderbare Illusion, uns über die eigene Schulter und die Sonne mit zweitausend Meilen pro Stunde auf uns zurasen zu sehen.
Was ist es, das mich überallhin verfolgt?

Sie berührte meine Hand und sagte:
»Wirst du mir immer folgen?«
»Ist das Leben eine Gerade?«
»Gibt es keine direkte Antwort?«
»Nicht in meinem Universum.«
»Welches ist das?«
»Das, von dem deines berührt wird.«
»Ich liebe es, die Rundung deines Rückens zu berühren, während du schläfst«, sagte sie.
»Warum hast du dich dann aus dem Staub gemacht, in der Nacht in Paris?«
»Ich musste.«
»Um deine Haut zu retten?«
»Um mein Selbstbild zu retten. Wegen dir muss ich mich fragen, wer ich bin.«

»Wer bist du?«
»Jemand, der das Beste aus beiden Welten will.«
»Du glaubst also an mehr als eine Wirklichkeit?«
»Nein. Es gibt nur eine Wirklichkeit. Alles andere sind Fluchtwege.«
»Ist es das, was ich bin? Ein Fluchtweg?«
»Du sagtest, du würdest dich bei mir nicht an die Fakten halten.«
»An das Faktum deiner Ehe?«
»Warum denkst du ständig daran?«
»Weil du es tust.«

Sie sagte irgendetwas über das Leben der Generation ihrer Eltern. Dass es gereicht hätte, Kinder großzuziehen, der Familie ein Zuhause zu geben, einen Beruf auszuüben. Warum ist das nicht mehr genug? Warum will jeder im Lotto gewinnen oder Filmstar werden?
Oder eine Affäre haben.

Ich nahm ihre Hand. Ich war glücklich. Ich konnte nicht anders. Sie war hier. Ich war glücklich.
»Komm mit mir zum Springreiten.«
»Zum was!«
»*Concorso ippico.* Elf Uhr, heute Abend. Jetzt.«
»Du spinnst.«
»Tu ich nicht. Ich mag Pferde. Komm!«

Mit dem misstrauischen Blick, den Intellektuelle immer aufsetzen, sobald man auf Tiere zu sprechen kommt, ergriff sie meine Hand und wir gingen zusammen die Via

Boffe hinunter auf die Damacuta zu. Schon von dort aus hörten wir die konservierte Mikrofonstimme des Kommentators und sahen die Flutlichter des Stadions.
Die Luft war verhangen mit dem Duft von Bougainvillea, und während wir an dem Häuserwirrwarr vorbeigingen, das über der Straße zusammengequetscht war, tropften ein paar Takte Musik durch die offenen Fenster. Ein Hund bellte. Irgendjemand drehte den Fernseher lauter. Das Geräusch eines Schlauchs war zu hören, und ein Rinnsal lief zwischen unseren Füßen entlang.
Als wir in die Damacuta einbogen, war der Weg zum Stadion mit Fackeln erleuchtet. Man hatte Kerosin in flache Terrakottaschalen gegossen und jede mit einem Docht versehen, und diese Fackeln auf der Erde erhellten die Füße der Menge. Wir sahen aus wie Götter mit flammenden Füßen. Wir sahen aus wie ein Liebespaar, das füreinander entbrannt ist.
Auf Feuersfüßen bahnten wir uns einen Weg zu den Rängen und setzten uns ganz nach vorn, zusammen mit einer Horde Kinder, die wegen der Pferde aufgeregt herumschrien. Aus den Lautsprechern erklang *Schwanensee.*
Dann kamen die Reiter, in weißen Reithosen, ohne Jacken, um die Abstände zwischen den Hindernissen abzuschreiten. Sie würden auf Zeit reiten; die schnellste Zeit und die wenigsten Fehler führen zum Sieg.
Es wäre doch toll, sagtest du, wenn wir alle die Möglichkeit hätten, vor dem Wettbewerb den Platz abzuschreiten.
Ich sagte, wir seien doch die ganze Zeit dabei, den Platz abzuschreiten, doch wenn der Augenblick des Sprungs käme, verweigerten wir trotzdem.

Du warfst mir einen wütenden Blick zu.
Schwanensee wurde abrupt abgestellt. Die Jury versammelte sich in der Loge und der Kommentator teilte uns mit, dass der erste Reiter Schweizer sei.
Ein Glockenklang. Heraus kamen Pferd und Reiter, und nach einem Gruß zur Loge ritten sie los, in einem gebogenen, kurzen Galopp, der den Sand hochwirbeln ließ.
Du saßest direkt neben dem ersten Hindernis, anderthalb Meter hoch, und ich hörte, wie dein verblüffter Atem stockte angesichts der mühevollen Schönheit und der wunderschönen Mühe, mit der das Pferd sein Hindernis nahm.
Es gibt keine mühelose Schönheit – das sollte dir eigentlich klar sein.
Es gibt keine Mühe, die nicht schön ist – einen schweren Stein heben oder dich lieben.
Dich zu lieben ist wie einen schweren Stein heben. Es wäre leichter, es nicht zu tun, und ich bin mir nicht ganz sicher, warum ich es tue. Es nimmt meine ganze Kraft und meine ganze Entschlossenheit in Anspruch, und ich sagte, so würde ich nie wieder jemanden lieben. Hat es einen Sinn, jemanden zu lieben, aus dem man nur zufällig aufwachen kann?

Mister Archie, das Pferd aus der Schweiz, ritt eine fehlerfreie, wenn auch langsame Runde. Ich hätte mit dir geredet, doch du warst ganz in das Springreiten vertieft.
Der Einsatz ist interessant: setzt man auf Schnelligkeit und das entsprechend höhere Risiko, die Stangen herunterzureißen, oder lässt man es ruhig angehen und zielt auf null Fehler ab?

Die besten Reiter schaffen beides, doch alle Reiter sind derselben Regel unterworfen: verweigert ein Pferd vor einem Hindernis, muss es dazu gezwungen werden, das Hindernis noch einmal zu nehmen. Der Reiter muss das Pferd umstimmen und überzeugen. Pferde haben plötzliche Ängste.
Die habe ich auch, doch in diesem Leben muss man seine Sprünge nehmen.

Später, als wir durch die Gassen liefen, die so dünn und schwarz waren wie die Katzen an jeder Ecke, legtest du deinen Arm um mich und fragtest mich noch einmal:
»Wirst du mir immer folgen?«
»Wer folgt denn hier wem?«
»Das frage ich mich auch allmählich.«
»An einem Kreis gibt es zwei Markierungen. Welche liegt vorne? Welche liegt hinten?«
»Keine von beiden.«
»Also verfolgen wir einander.«
»Glaubst du an Schicksal?«, sagte sie mit dieser Nervosität, die Leute bei dieser Frage gern an den Tag legen.
»Ja-a.«
»Das klingt aber nicht sehr überzeugt.«
»Schicksal ist kein Grund, die Zügel schießen zu lassen.«
»Gut, aber was ist, wenn man feststellt, dass man plötzlich auf einem ganz anderen Pferd sitzt?«

Bald waren wir wieder in dem Zimmer, das ich gemietet hatte, und ich fragte sie, ob sie bei mir übernachten würde.
»Also muss ich diesmal nicht betteln?«

»Heute Abend war ich doch die Bettlerin.«
Sie nahm mich in den Arm. »Ich wünschte, ich könnte es dir erklären.«
»Was erklären?«
»Ach, ich weiß schon, was du von mir hältst.«
»Was ich von dir halte und was ich für dich empfinde sind nicht dasselbe.«
»Schläfst du immer mit Leuten, die du verachtest?«
»So war das nicht gemeint.«
»Ich will dich zur Geliebten, nicht zur Richterin.«

Sie hat Recht. Ich bin diejenige, die alles vermasselt. Wie sie lebt, ist ihre Entscheidung. Wenn es mir nicht passt, sollte ich mich da raushalten. Wenn es mir nicht passt, sollte ich es sagen und die Tür zumachen.
Ihre Umarmung war warm und fest.
»Was willst du denn eigentlich?«, fragte sie.

Ich will dich anrufen können. Ich will bei dir anklopfen können. Ich will deinen Schlüssel haben können und dir meinen geben. Ich will mit dir in der Öffentlichkeit gesehen werden. Ich will, dass es keinen Tratsch gibt. Ich will mit dir zusammen Abendessen kochen. Ich will mit dir einkaufen gehen. Ich will wissen, dass uns nichts trennen kann, außer wir selbst.

Wir lagen zusammen im Dunkeln. Die Kerze war erloschen. Draußen peitschte der Wind das Segeltuch der Liegestühle. Ich hörte, wie ein Plastikbecher unablässig im Kreis herumgeweht wurde.

Du schliefst.
Warum ist nichts so wichtig wie das hier?
Wie kommt es, dass du mir mich selbst zu schreiben scheinst?
Ich bin eine Botschaft. Du veränderst ihre Bedeutung.
Ich bin eine Landkarte, die du neu zeichnest.

•••

Folge ihr. Den verborgenen Schatz gibt es wirklich. Was existiert und was vielleicht existiert sind im Kern der Wirklichkeit zu einem Fenster zusammengefasst. All die Trennungen und Teilungen und Sackgassen und Unmöglichkeiten, die einem im Leben so zentral erscheinen, spielen sich an seinen äußersten Rändern ab. Wenn ich der Karte weiter folgen könnte und wenn ich die falschen Ausgänge abwehren könnte (die falschen Anfänge spielen keine Rolle), könnte ich den Ort finden, wo die Zeit aufhört. Wo der Tod aufhört. Wo die Liebe ist.
Jenseits der Zeit, jenseits des Todes ist die Liebe. Die Zeit und der Tod können sie nicht abnützen.
Ich liebe dich.

Am Morgen grollte Donner um die Insel, die Wellen trugen weiße Kronen und die Vögel schwiegen.
Ich mag Inseln, weil das Wetter so wechselhaft ist.
Ich mag es, dass der Morgen stürmisch und der Nachmittag so klar und funkelnd sein kann wie ein Juwel im Wasser. Taucht man seine Hand ins Wasser, um nach einem Seeigel oder einer Muschel zu greifen, liegt der begehrte Gegenstand eigentlich nie genau an der Stelle, an der man

angenommen hatte. Dasselbe gilt für die Liebe. In der Vorausschau oder in der Betrachtung scheint die Liebe dort zu sein, wo sie ist. Taucht man seine Hand hinein, um sie herauszuziehen, greift man daneben. Das Wasser ist tiefer, als man geschätzt hätte. Man greift tiefer hinein, strengt jeden Muskel an, und dann hat man keine Wahl als sich hineingleiten zu lassen – tiefer, viel tiefer, als man geschätzt hätte –, und noch immer ist der Gegenstand nicht zu fassen.

Ich stellte die *macchinetta* auf den Herd und verfütterte das Hackfleisch an die Katzen. Hoffe ich zumindest. Die kleinen Eidechsen flitzten unter den herabhängenden Weinreben herum, und es gab den üblichen, ernsten Trupp Ameisen, der einen Parmesansplitter hinunter zu seinem Bau transportierte.
Bei der Steineiche hatte eine Amsel ihr morgendliches Bad in einer flachen Schale Wasser beendet, die ich für sie rausgestellt hatte. Zum Dank singt sie. Sie singt vom Erwachen der Welt, das sich für sie jeden Tag abspielt, unbefleckt von Erinnerung. Die Insel ist neu. Der Baum ist unter ihren Füßen gewachsen. Ihre hohlen Knochen sind durchsungen von Glück. Sie fliegt davon, so leicht wie eine Note.

•••

Das Zischen und Blubbern der Kaffeekanne erinnert mich an das, was ich tun wollte. Ich klimperte mit den kleinen weißen Tassen auf der Marmortheke und goss den schwarzen, kochend heißen Kaffee hinein. Vorsichtig trug ich die

beiden Tassen ins Schlafzimmer. Der Duft schwebte in deine Träume und du folgtest ihm zurück durch den Schlaf und in den Tag.
»Wie spät ist es?«, murmeltest du.
»Sieben Uhr.«
»Schrecklich.«
Du ließest dich zurücksinken. Ich stopfte dir ein paar Kissen in den Rücken.
»Du hast doch gesagt, du wolltest früh geweckt werden.«
»Von mitten in der Nacht war nicht die Rede.«
»Es ist schon seit Stunden hell.«
»Nicht in meiner Welt.«
»Trink das.«
Du nipptest geräuschvoll vom Rand der Tasse.
»Zu stark.«
»Ich dachte, du trinkst ihn gerne stark.«
»Eine Flüssigkeit sollte nicht fest sein.«
»Er wird dich auf Trab bringen.«
»Wohin soll ich traben?«
»Zu deinem Hotel. Hast du selbst gesagt.«
»Vielleicht bleib ich ja einfach hier.«
»Das geht nicht.«
»Warum nicht?«
»Wie viele gute Gründe willst du hören?«
»Warum fährst du nicht einfach da runter und holst meine Kleider?«
»Ich soll zu deinem Mann hingehen und deine Kleider verlangen?«
»Ja.«
»Ich bin nicht Buggs Bunny.«

»Was meinst du damit?«
»Ich meine damit, dass mein Kopf nicht wieder draufspringt, nachdem er ihn mir abgerissen hat.«
»Er wird dir nicht den Kopf abreißen.«
»Und was soll ich sagen?«
»Sag, ich sei krank.«
»Gut, du bist krank, deswegen brauchst du dringend deine vielen kleinen Schwarzen ...«
»Natürlich brauch ich die.«
»Zweiter Versuch.«
»Sag, du seist meine Kusine aus Illinois.«
»Ich bin nicht deine Kusine aus Illinois.«
»Für eine Schriftstellerin klebst du ganz schön an den Fakten.«
»Fakt ist, dass sich dein Mann unten im Quisiana befindet.«
»Fakt ist, dass meine Geliebte hier ist ...«
Sie stellte ihren Kaffee ab.
»Im Bett ...«
Sie beugte sich herüber und zog mich auf sich.
»Mit mir.«

Es war zehn Uhr, ehe wir wieder aufstanden, was die Sinnlosigkeit des Frühaufstehens unter Beweis stellt. Ich bin kein Morgenmensch, zähle nicht zu den Tugendhaften. Leute, die lange aufbleiben (ich), sind verkommen. Leute, die früh aufstehen, sind anständig. An diesem Morgen jedenfalls war ich ausnahmsweise mal früh aufgestanden, und man sieht ja, was es mir gebracht hat.

Eine zweite Kanne Kaffee blubberte auf dem Herd. Du

musst wohl den Hauch eines schlechten Gewissens bekommen haben, denn auf einmal sagtest du –
»Ich sollte ihn anrufen.«
»Hier gibt's kein Telefon.«
»Wo ist denn dein Handy?«
»In London.«
»Was macht denn das da?«
»Überhaupt nichts.«
»Wo find ich denn jetzt ein Telefon?«
»Weiß ich nicht. Vielleicht auf dem Platz.«
»Ich lauf eben hoch.«
»Ich komm mit.«
»Hör mal, vielleicht sollte ich gehen.«
»Vor drei Stunden klang das aber noch ganz anders.«
»Setz mich nicht unter Druck.«
»Ich setz dich nicht unter Druck.«
»Ist doch nicht meine Schuld, dass du kein Telefon hast.«
»Ist doch nicht meine Schuld, dass du verheiratet bist.«
»Nicht schon wieder.«
»Wieso – strengt es dich zu sehr an, Liebste?«
»Zufälligerweise ja.«
»Na dann kannst du mich mal.«
»Was?«
»Ich sagte, du kannst mich mal.«
»Prima. Geht in Ordnung.«

Noch ehe ich am Gasherd hantieren, mir meinen Schlüsselbund schnappen und ihr nachlaufen konnte, war sie schon aus der Tür, nahm zwei der steilen Stufen auf einmal und verschwand die senkrechten Gassen hinauf.

»Du solltest sie gehen lassen«, sagte ich zu mir selbst, ohne dass meine Beine davon Notiz nahmen. »Lass sie gehen, in Gottes Namen«, und mein Herz klopfte und ich war wütend, so wütend auf mich oder sie, ich weiß es nicht. Nichts als Blut, das sich gegen das Denken auflehnte. Wütend auf mich oder sie, und ich umklammerte den Schlüsselbund, während ich den Pfad hinaufsprang, die Kirchenglocken wie ein Puls in meinem Ohr.

Als ich die Piazza Monumentale erreichte, sah ich, wie sie in einem der weißen Taxis mit heruntergeklapptem Dach verschwand. Ich rannte hinüber zum Taxistand. Blieb stehen. Ich war ohne Geld aus dem Haus gelaufen. Beim Durchkramen meiner Taschen förderte ich nichts zu Tage als einen Fünftausend-Lire-Schein.

Okay. Also mit dem Bus.

Ich stand in der Schlange, die Sonne zu heiß, kein Sonnendach, schwitzend wie ein Pferd, der Mund trocken, mein Gesicht wie ein Wasserspeier (keine Sonnenbrille), mein Blutdruck auf Krankenhaushöhe und mein Herz zerfloss wie ein Touristeneis.

Eine halbe Stunde lang kam ein Bus nach dem anderen in die verkehrte Richtung, und ich sagte mir immer wieder: »Na los, geh runter zum Faro, geh schwimmen, so wie du bist, wasch sie von dir ab.« Aber dazu war es zu spät, also stand ich da wie ein Idiot und wartete.

•••

Endlich kam der Bus und ich schob mich hinein und flitzte auf einen der orangefarbenen Plastiksitze zu. Dies war kaum der Stoff, aus dem Romanzen sind. Hätte ich das

Ganze geschrieben, hätte ich mit mehr Geld aus dem Haus gehen können. Ich hätte an meine Sonnenbrille gedacht, hätte einen Soundtrack bestellt. In Wirklichkeit schlitterte und hupte sich der Bus seinen Weg nach unten zum Busbahnhof, und eine Frau, eine fette Hand auf dem verchromten Haltegriff und eine zweite fette Hand um einen Sack Zwiebeln, stieß andauernd ihren Absatz in meinen Fuß. Als ich ausstieg, hinkte ich.

Da bin ich also – schwitzend wie ein Pferd, verlottert wie ein Hund, hinkend wie ein Huhn, arm wie eine Kirchenmaus und nervös wie ein Floh – auf dem Weg ins Quisiana, wo mich, ganz klar, der Portier nicht reinlässt. Und das Allerbeste ist: Ich kann ihn noch nicht mal bestechen.

Nach sehr viel schlechtem Italienisch gelang es mir immerhin, ihn dazu zu bringen, Zimmer 29 anzurufen.

Keine Antwort?

Niente.

Ich schlurfte davon, vorbei an Cartier und Vuitton, vorbei an der Bar, wo ich mir kein Getränk leisten konnte, vorbei an den hämisch grinsenden Kellnern und dem Goldarmband-Mann in der Wechselstube, dessen einziger, sekundenschneller Blick sagte: »Bettler.«

Ich kroch zurück zum öligen Fußboden des Busbahnhofs und kaufte mir meine Rückfahrkarte nach Anacapri. Ich hatte solchen Durst, dass ich den Kühlerverschlussdeckel des Busses hätte abschrauben und einen Strohhalm hineinstecken können – hätte ich einen Strohhalm gehabt, oder hätte ich mir einen kaufen können. Ich beschloss, mich nie wieder in eine solche Lage zu bringen. Während wir aus dem ohrenbetäubenden zweiten Gang in den lebensbedrohlichen dritten hochschalteten, schickte ich ein Stoßgebet zur Madonna des Steinschlags und bat sie, mir so viel Verstand zu geben, dass ich mich nicht selbst zerquetschte.

Nächtlicher Bildschirm

Nacht. Bildschirm. Tipp tipp tipp. Tipp tipp. Tipp.
Die verschlüsselte Botschaft, die jeder lesen kann.
Immer wieder erzähle ich diese Geschichte – andere Menschen, andere Schauplätze, andere Zeiten – aber immer du, immer ich, immer diese Geschichte, weil eine Geschichte ein Drahtseil zwischen zwei Welten ist.

SYMBOLLEISTE

Es gibt kein größeres Leid, als sein Glück nur in dem zu finden, was vergangen ist.

Dies ist die Geschichte von Francesca da Rimini und ihrem Geliebten, Paolo. Man findet sie bei Boccaccio. Man findet sie bei Dante. Man findet sie hier.

Das Schloss meines Vaters besteht aus Stein. Der Stein ist dicker als die Dunkelheit. Die Dunkelheit ist für die Innenseite das, was Stein für die Außenseite ist; undurchdringlich, unbezwingbar, ein steinernes Dunkel, schwer wie ein Gedanke.

Der dunkle Stein lastet schwer auf uns. Unsere Gedanken drücken uns nieder. Wir rollen das Dunkel vor uns die eisigen Flure hinunter, und in den Zimmern häuft sich das Dunkel an, sitzt auf unseren Stühlen, wartet. Wir warten.

Das Schloss ist eine Pause zwischen dunkel und dunkel. Es füllt die Lücke zwischen den Gedanken eines Mannes und seinen Taten. Mein Vater hat das Schloss selbst entworfen. Es ist, als ob wir in ihm lebten.

Im Innern des Schlosses stehen schwarze Eichenholzmöbel aus Spanien. In dem einen Zimmer, in dem wir immer das Feuer brennen lassen, steht ein langer schwarzer Tisch mit

Kerzenständern. An diesem Tisch sah ich zum ersten Mal Paolo. *Paolo il bello …*

•••

Lange Zeit hatte mein Vater Guido mit Malatesta, dem Herrscher von Rimini, Krieg geführt. Als Bedingung für den Frieden wurde eine Heirat geplant, und Paolo ritt mit seinem Gefolge ins wilde Ravenna, um mich zu holen.

Im Dunkeln zündeten wir Kerzen an, die die Dunkelheit ein wenig vertrieben, die sie zwang, sich, in sonderbare Formen verwandelt, geschlagen niederzukauern.
Wir kleideten uns in Schwarz, meine Mutter und ich, denn mein Vater hatte uns gesagt, dass jeder Tag ein Tag der Trauer sei. Ich trug keinen Schmuck, aber mein Haar ist so offen und fließend wie der Wasserfall, der unter meinem Fenster tost, und so wie das Wasserrad den Wasserfall bändigt, bändigt die Flechte mein Haar, doch beide widerstreben.
Ich schnürte mich ein, so fest ich konnte, und ging hinunter.

Im Zimmer war es merkwürdig hell. Es lag weder am Feuer oder den Kerzen noch an der Wirkung des Unwetters draußen. Ich wagte nicht, die Augen zu heben, um die Lichtquelle zu entdecken, vielmehr trat ich stumm und gesenkten Blickes an den Tisch, wo mich mein Vater Paolo präsentierte.
Ich sah nicht hoch. Ich bot ihm meine Hand und er küsste sie und schob einen Ring über meinen Finger.

Während unseres Mahls sprach mein Vater nur zu den Gesandten und sagte nichts zu Paolo oder mir. Ich hörte, wie Paolos Stimme mit meiner Mutter sprach, und die Melodie war wie die einer Flöte. Ich wollte ihn sehen, hatte aber nicht die Kraft.

Nach unserem Mahl verließen meine Mutter und mein Vater und alle Gesandten und Bediensteten jäh das Zimmer. Von dem Geschirr war nichts fortgeräumt worden, und der verschüttete Wein blieb auf dem Tisch. Ich spürte, dass Paolo mich ansah.

Ein tiefes Grollen war zu hören, und beim Anblick des Schattens auf dem Fußboden begriff ich, dass ein gewaltiges Himmelbett ins Zimmer geschoben worden war.

Ich hob die Augen nicht, doch meine Haut war kalt wie Wachs.

Ich hörte, wie Paolo aufstand, und indem er an meine Seite des Tisches trat, nahm er meine Hand und hieß mich aufstehen.

»Francesca«, sagte er, »lass mich deine Brüste sehen.«

Ich konnte mich nicht rühren, doch seine Hände waren sicher wie Falken, und schon bald hielt er mich unter sich fest.

Wir lagen auf dem Bett und er küsste mich – nicht mehr –, eine Hand auf meiner Brust, mit der anderen liebkoste er sich sanft, bis er spürte, dass meine Küsse die seinen erwiderten, und dann führte er meine Hand dorthin, wo seine eigene beschäftigt war, und nunmehr befreit begann er, meine Beine zu öffnen.

Das Entzücken war so schockierend wie die Idee des Entzückens.

Am nächsten Morgen glitten wir, beide in weiß gekleidet, mit solcher Leichtigkeit durch die Wände des Schlosses meines Vaters, als ob wir Geister wären. In meinem ganzen Leben hatte ich den Schatten des Schlosses nicht verlassen. Die Schattenspitze der Fahne markierte die Grenze meiner Spaziergänge, und mein eigener Schatten verfolgte mich auf Schritt und Tritt.

Heute war es anders.

Heute war Sonne und Himmel und Vogelgezwitscher und offene Gesichter, und ich segnete den Krieg meines Vaters, der diese Liebe geschaffen hatte.

Während wir ritten, zog das Licht mit uns. Er war das Licht.

Paolo il bello.

Mein Geliebter, mein Liebster, meine Liebe.

•••

Ich muss nicht erzählen, wie wir unsere Tage verbrachten, während wir in größter Pracht entlang der Küste ritten. In mir war eine solche Leichtigkeit, dass ich am Sattelknauf festgebunden werden musste, um nicht zu den Vögeln hinaufzuschweben. Ich war kühn wie ein Star. Du gabst mir von deinem Teller zu essen. Meine Augen lagen unablässig auf dir. Ich hielt dich für einen der Engel aus dem Kirchenfenster. Wir flogen zusammen, deine Flügel aus Blattgold von der Sonne. Die Zeit flog mit uns, und schon bald tauchten die Ländereien deines Vaters vor uns auf.

Ich bemerkte eine Veränderung an dir – etwas Gedämpftes und Schweigsames, aus dem ich mir keinen Reim machen konnte. Ich dachte, du schämtest dich meiner, doch

du schütteltest den Kopf, deinen herrlichen Engelskopf, und batest mich um Geduld.
Ich übte mich in Geduld. Ich hatte mich schon vorher in Geduld geübt. Hatte mich scheinbar mein ganzes Leben lang in Geduld geübt. »Was ist das Leben«, hatte mein Vater gesagt, »als ein Warten auf den Tod?«
Dann erklangen Trompeten, und Füße trampelten und eine Menge versammelte sich, und es gab Wimpel und ein Gespann weißer Pferde mit silbernem Geschirr, und die weißen Pferde zogen eine Kutsche und in der Kutsche saß ein sonderbarer, dunkelhäutiger, missgestalteter Mann, ganz in Leder gekleidet, die Finger voller Ringe.
Du wandtest dich zu mir und deine Stimme brach sich wie Wasser an einem Stein, den es nicht abzunutzen vermag.
»Diesen Mann sollst du heiraten«, sagtest du. »Diesen Mann, meinen Bruder.«
O Paolo, *mio bello*, warum hast du mich belogen?
Sag, dass du mich jetzt belügst.

Die Hochzeit fand am selben Nachmittag statt.
Mein Mann war kaum vier Fuß hoch und so verwachsen von Gestalt wie Paolo ebenmäßig war. Diese Dinge hätten ihm nicht angelastet werden müssen, doch sein Herz hatte er selbst geschaffen, und sein Herz war von Güte so unbeeinflusst, wie sein Körper von der Schönheit missachtet worden war. Ihn kümmerte nichts als die Jagd und die Frauen, und er peitschte seine Hunde und seine Huren mit demselben Riemen.
Die Schrecken meiner Nächte mit ihm wären vielleicht erträglich gewesen, hätte ich nichts anderes gelehrt bekom-

men. Das Grab meiner Kindheit und das Grab meiner Ehe wären vielleicht ohne Unterschied zu eins zerfallen, hätte mich nicht Paolo geküsst und jene wenigen, weit offenen Tage lang von den Toten zurückgeholt.

Dann, Monate später, als mein Mann nicht da war, kam Paolo in mein Zimmer. Er schlug vor, zusammen zu lesen, um uns die Zeit zu vertreiben, und dies wurde uns zugestanden durch ein kurzes Kopfnicken meiner Zofe, die man dafür bezahlte, meine Wärterin zu sein.

Jeden Morgen kam Paolo zu mir, und zusammen lasen wir die Geschichte von Lancelot du Lac und seiner Liebe zur Königin Guinevere.

Wir lasen laut und es gab viele Pausen, viele gebrochene Seufzer und rasche Blicke, und als wir die Köpfe immer tiefer über die Seiten neigten, um eine private Welt zu schreiben, berührten sich unsere Wangen, und dann unsere Lippen, und er war Honig in meinem Mund, als ich ihn küsste.

An jenem Tag blieb keine Zeit mehr zum Lesen.

Wir brachten es zu Wege – ach, ich weiß nicht wie –, zusammen zu sein, allein mit unserem Buch, obwohl wir keine einzige Seite mehr umblätterten.

Paolo, deine Liebe zu mir war ein einziges helles Glück, und ich würde sie um meiner Seele Heil nicht aufgeben.

Er erwischte uns. Du weißt, dass es so war. Vielleicht stellte er uns eine Falle. Es hätte ihm ähnlich gesehen.

Wir lagen zusammen im Bett, nackt, heiß, Paolo in mir, als Giancotto mit seinen Männern ins Zimmer platzte. Ich sah sein Gesicht, triumphierend, böse, und ich sah, wie er seine schreckliche Hand erhob. Er besaß eine Hand aus Eisen, geformt zu einem Dorn. Es war seine Hand, die er durch Paolos glatten Rücken hindurchbohrte und durch meinen Bauch und meine Wirbelsäule, und durchs Futter der Matratze. Dies geschah mit so großer Kraft, dass es ihn vom Boden hob und über uns schweben ließ wie ein Wetterhahn.

Ich legte meine Hände auf Paolos blutenden Körper, und er sagte zu mir, so dass nur ich es hören konnte:

»Es gibt keine Liebe, die nicht Hände und Füße durchbohrt.«

Dann war er tot, und ich war unter ihm tot, und Hand in Hand flogen unsere Seelen die Flure hinunter und aus dem Palast seines Bruders, so unbeschwert wie damals, als wir das Haus meines Vaters verließen.

Seitdem habe ich seine Hand nicht losgelassen.

Jetzt sind wir so leicht, wie unser Glück es war, leichter als Vögel. Der Wind trägt uns, wohin er will, doch unsere Liebe ist sicher.

Niemand kann uns jetzt trennen. Nicht einmal Gott.

Gib meinen Eltern die Schuld

Nacht. Das Fenster steht offen. Tausende von Meilen entfernt tipp tippen deine Tränen auf der Tastatur. Dein Make-up mag wasserfest sein, mein Herz ist es nicht.

»Das ist also das Ende?«, sagtest du.
»Es ist noch nicht zu Ende.«
»Wenn du mich nur so akzeptieren könntest, wie ich bin.«
»Dies ist die Stelle, an der das Rad sich dreht und dreht.«
»Wir graben uns nur immer tiefer hinein.«
»Wir kennen die ganzen vernünftigen Lösungen.«
»Das klingt ja wie Fußbodenreiniger.«
»Ich weiß nicht, wie ich dich aufgeben soll«, sagte ich.
»Du könntest ja die Geschichte umschreiben.«
»Hab ich schon versucht. Ist dir das nicht aufgefallen?«
»Gibt es kein besseres Ende als entweder/oder?«
»Ich kann es jedenfalls nicht schreiben.«
»Du verfluchte Absolutistin.«
»Gib meinen Eltern die Schuld.«
»Für deinen wilden Blick?«
»Dafür, dass sie mir erzählt haben, den Schatz gebe es wirklich.«

»Das versteh ich nicht.«
»Nach manchen Dingen lohnt es sich, sein ganzes Leben lang zu suchen.«
»Mich hast du nicht gesucht.«
»Nein, und nach der Liebe habe ich auch nicht gesucht.«
»Was ist dann passiert?«

Dann. Was dann? Was ist dann passiert? Was soll ich sagen? Mir gefällt das Alleinsein besser als alles andere, aber die Liebe kann ich nicht aufgeben. Vielleicht ist es die Spannung zwischen Verlangen und Alleinsein, die ich brauche. Meine eigene Bergbahn, die die beiden Dinge, die mich am ehesten zerstören könnten, im Gleichgewicht halten.

Ich sagte: »Es gibt da vielleicht ein paar Dinge, die du wissen solltest.«
»Über dich?«
»Über das, was mich zu dem macht, was ich bin.«
»Du kannst deinen Eltern nicht für alles die Schuld geben.«
»Ich gebe ihnen für nichts die Schuld.«
»Und?«
»Und, willst du diese Geschichte hören?«
»Erzähl sie mir.«

PAPIERKORB AUSLEEREN

Ich wurde von einem Mann und einer Frau adoptiert, die einen Misthaufen besaßen. Sie hatten keine eigenen Kinder und wollten, dass ich ihr kleines Mistloch werde – um durch die täglichen Abfälle der alles verzehrenden Welt zu schlurfen und zu schnüffeln.

Es waren abergläubische Leute. Solche, die in jeder Tasche einen Kaninchenfuß und um den Hals ein Kruzifix tragen, nur um sicher zu gehen.

Sie wussten, durch irgendein blinzelndes, schwitziges Wissen, dass sie keine Bildung hatten, dass sie für sich im Mist nie etwas anderes entdecken würden als Mist. Sie waren mistsolide, mistsicher. Mit Mist hatten sie keine Probleme.

Und doch …

Und doch war ein Waisenkind das, was sie wollten. Ein Wechselbalg. Ein Kind ohne Vergangenheit oder Zukunft. Ein Kind jenseits der Zeit, das die Zeit betrügen konnte. Eine Wundertüte. Ein Glücksbringer. Der kleinste Silberschlüssel am schweren Schlüsselbund. Der Schlüssel zur verbotenen Tür.

Um sich eine Waise zu holen, mussten sie einen Besuch im Waisenhaus abstatten.

Sie zogen ihre besten Sachen an. Sie quetschten ihre Füße

in feindliche Schuhe. Sie nahmen den Bus zum Waisenhaus, und die Wärterin bat sie, einzutreten.
»Welcher Saal, rosa oder blau?«
(Entscheidung. Panik. Hastig flüsterten sie miteinander.)
Die Wärterin klopfte mit dem Fuß auf dem Linoleum.
(Mädchen sind billiger, einfacher, sauberer.)
»Rosa, bitte.«

Wieder zu Hause, im Misthaus, butterte Mrs. M. den Laib für die Corned Beef-Sandwiches mit eingelegten Zwiebeln, während Mr. M. noch einen Autoreifen ins Feuer warf. Sie waren warm und satt. Sie liebten ihr Baby.
»Wie sehr liebst du sie?«, fragte Mr. M.
»So sehr wie einen Kinderwagen ohne Räder«, sagte Mrs. M. »Wie sehr liebst *du* sie?«
»Mehr als zwei Tüten voll Waschmaschinenschläuche«, sagte Mr. M.
Das Baby gurgelte und spielte mit seiner kleinen Kette aus verschossenen Kugeln, die über dem Kinderbettchen gespannt war.
»Ist das jetzt, wo der Schatz beginnt?«, sagte Mr. M.
»Lies die Zeichen«, sagte seine Frau.
Aber er konnte die Zeichen nicht lesen, weil er nicht lesen konnte.

Meine Eltern nannten mich Alix, weil sie einen Namen mit einem X drin wollten, weil X das Kreuzchen ist, mit dem die gewisse Stelle gekennzeichnet ist.
Ich war diejenige, die den vergrabenen Schatz finden würde.

Dass es einen Schatz gab, bezweifelten sie nie. Mein Vater grub am Ende des Regenbogens mit solcher Versessenheit danach, dass ein Teil der Küche wegsank.
Ständig waren sie unterwegs – bei Vollmond, bei Neumond, mit einer Schachtel magischen Mungokots und einem Metalldetektor.
Metalle waren mein Element.
Ich lernte, wie man die Kühlelemente, das Thermostat und den Stecker eines Kühlschranks ausbaut. Ich wickelte meilenweise Kupferdraht von Millionen von Magnetspulen. Ich trennte Zink von Blei, Blei von Eisen, Eisen von Stahl, Stahl von Zinn.
Mein Vater baute mir ein Bett aus einem galvanisierten Wassertrog. Meine Mutter kleidete es mit dem Futter einer alten Matratze aus.
Eines Nachts, als sie gerade dabei war, mich zuzudecken, meine Füße auf einem alten Autokühler, der als Wärmflasche diente, fragte ich sie, was der rote Stempel auf der einen Seite meines Bettes zu bedeuten habe.
»Das ist ein Wort«, sagte sie.
»Welches Wort?«
»RINDER.«
»Was ist ein Rinder?«
»Mehr als eine Kuh.«
Sie ging hinaus und ich fuhr mit dem Finger an dem Wort entlang – RINDER.

Sowohl Lesen als auch Schreiben waren im Misthaus verboten. Meine Mutter konnte beides, mein Vater keines von beiden, daher hatte es keinen Wert.

Was Wert hatte, waren Anlasser, Vergaser, Zwölf-Volt-Batterien, dreiadrige Kabel, Druckknöpfe, Schalter und Autositze, die so zerschlissen waren wie Profiboxer.
In der Werkstatt auf dem Schrottplatz baute mein Vater unplakettierte Monsterautos, benzinbetriebene Frankensteins, zusammengeschraubt auf übergroßen Rädern.
Ich war sein Handlanger. Ich war diejenige, die unter dem Chassis in der ölverschmierten Grube hockte. Ich reichte ihm seine Hämmer und Drehgelenke und befreite das angegriffene Metall, indem ich mit ganzer Kraft eine Ratsche bediente. Plötzlich gab das Ding nach und ich fiel zu Boden, schürfte mir Hände und Knie auf dem schmutzigen Beton auf. Nachdem ich meinem Schraubenschlüssel hinterhergestolpert war, kletterte ich schließlich wieder die Treppe hinauf und fing von vorn an.
Es war Nacht. Die Sterne waren zu sehen, metallisch und beherrscht. Meine Mutter brachte mich ins Bett.
»Schreib mir ein Wort«, sagte ich.
»Lesen und Schreiben sind hier verboten.«
»Schreib mir ein Wort, das zu RINDER passt. Es fällt bestimmt nicht auf.«
Natürlich würde es niemandem auffallen, abgesehen von meinem Vater.
Vorsichtig und mit ständigem Blick zur Tür schrieb meine Mutter in roten Buchstaben auf mein galvanisiertes Trogbett – TUBERKULOSE.
»Ist das ein Rinder-Wort?«
»Ja.«
»Welches Wort würdest du mir geben, wenn du könntest?«

»Das geht nicht. Wörter können wir hier nicht gebrauchen.«
»Aber wenn es ginge?«
Sie kritzelte etwas auf ein Stück Pappe aus ihrer Tasche und drückte es mir, nervös, ängstlich, in die Hand.
»Lass das nur niemanden sehen.«
SANFTMUT.

Mein Vater besaß eine Reihe von großen Glasbehältern mit Bleisiegel. Darin bewahrte er Wasserstoffperoxid, Quecksilber, Blausäure, Nitratlösungen, Ammoniak auf. Giftige Substanzen waren nicht mein Element, und ich durfte nicht in den Keller.
Eines Tages, als mein Vater draußen beim Lumpensammeln war, nahm ich eine Taschenlampe und schlich die dreizehn Stufen in den Keller hinunter. Ich sagte mir, dass ich einen Apfel wolle. Über die Wintermonate wickelten wir sie immer in Zeitungspapier. Da lagen sie, einer neben dem anderen auf einem Lattengestell und verbreiteten im ganzen Keller den Duft von Früchten und Herbst.
Ich nahm mir meinen Apfel und faltete sorgfältig das Papier zusammen, denn mitten im Schrott kann man nichts in den Abfall werfen. Wir *waren* ja Abfall.
Dann richtete ich meine Taschenlampe auf das Tiefblau und das Blassgrün der Gläser. Ein paar waren wolkig, eins war rot. Bei keinem Einzigen konnte ich mir vorstellen, um was es sich dabei handelte, denn ich brachte mir zwar heimlich das Lesen bei, doch die Gläser waren mit chemischen Formeln beschriftet – FE, H_2O, H_2N, NH_2, AS_2, O_3.

Ich trat näher heran, stellte mich auf Zehenspitzen, murmelte die Symbole vor mich hin.
Am Ende einer Reihe Gläser, die gefärbt waren wie Träume, stand ein undurchsichtiges Glas, auf das ein Herz gemalt war, durchbohrt von einem Dolch. Ich streckte die Hand aus, um es zu berühren, und in dieser Sekunde packte jemand von hinten meine Hand.
Es war mein Vater. Er hielt mir sein Gesicht unter die Nase, und ich roch den Schwefel an ihm.
»Lass die Finger von diesem Glas. Hörst du? Wenn das ausläuft, sind wir erledigt.«
»Was ist das?«
»Liebe«, sagte mein Vater. »In dem Glas ist Liebe drin.«
Und so entdeckte ich, dass die Liebe eine gefährliche Substanz ist.

Eines Tages fragte ich meine Mutter:
»Gibt es eine Welt jenseits von dieser?«
Sie schüttelte den Kopf und streckte die Arme so weit von sich, wie es nur ging.
»Nichts als Abfall und Schrott. Die Erde selbst ist nichts als eine Ansammlung von aufgestoßenem Fels und brennenden Gasen. Wir leben in einem kosmischen Mülleimer.«
»Ist der Deckel drauf oder nicht?«
»Drauf. Niemand schafft es zur anderen Seite des Mülleimers.«
»Aber wo ist denn dann der vergrabene Schatz?«
Ein Leuchten trat in ihre Augen wie ein paar Natriumdampflampen. »Das herauszufinden ist *deine* Aufgabe.«

Nachts ließ mein Vater das Feuer mit einer Kanne Benzin auflodern, und meine Mutter erzählte Geschichten aus ihrer Jugend. Ihre Jugend war eine ferne Stadt, wo sie eine Zeit lang gelebt hatte und glücklich gewesen war. Sie hatte die Sehnsucht eines Exilanten nach einem Ort, an den sie niemals würde zurückkehren können.
Wie andere Exilanten entwickelte ihre Sehnsucht eine eigene Geschichte. Ihr Verlangen erzählte sich selbst als Erinnerung. Ihre Vergangenheit war ein Ort, an den wir nur in ihrer Begleitung reisen konnten. Es war das einzige Reich, über das sie herrschen konnte.

»Früher lebte ich an einem Fluss«, sagte sie. »Ein Fluss, so randvoll mit fetten Fischen, dass jeder, der hinüber ans andere Ufer wollte, einfach nur über die Rücken der Fische laufen musste, als wären sie Steine.
Damals ging kein Mensch angeln. Vom Angeln hatte noch nie jemand gehört. Wollte eine Hausfrau ein paar braune Forellen fürs Abendessen, ging sie mit ihrer Bratpfanne hinunter zum Fluss und rief: »DU, DU UND DU«, und schon sprangen die Fische in die Pfanne, zahm wie Flöhe.«
»Sind Flöhe zahm?«
»Damals schon«, sagte sie und fuhr fort …
»Damals trug jeder ein kleines Glöckchen in der Tasche, und wenn man mit jemandem sprechen wollte, stellte man sich vor deren Haustür und klingelte mit seinem Glöckchen. Derjenige, der im Haus war, sagte – Ist das mein Glöckchen, das ich da klingeln höre? –, und man selbst erwiderte – Nein, das ist nicht dein Glöckchen, sondern meins. – Daraufhin sagte derjenige – Nun, wenn das

nicht mein Glöckchen ist, dann gehe ich nicht dran –, und dann wusste man, dass man unerwünscht war, aber wenn derjenige sagte – Sieh an, sieh an, da das dein Glöckchen ist, werde ich doch mal an die Tür gehen, und dann wusste man, dass man willkommen war.«

»Wo ist dein Glöckchen?«, sagte ich.

»Du kriegst es, wenn ich sterbe«, sagte sie und fuhr fort …

»Damals fand jeder, der im Wald auf die Jagd ging, einen vergrabenen Schatz; nur dass er nicht wirklich vergraben war – er lag auf der Oberfläche und es gab jede Menge davon.

Ich weiß noch, wie ich einmal draußen mit einem Jungen, den ich kannte, Hand in Hand ging, und es war Sommer, und auf einmal tauchte vor uns eine Wiese aus Gold auf. Gold, so weit das Auge reicht. Wir wussten, dass wir für immer reich sein würden. Wir füllten unsere Taschen und unsere Haare. Wir waren goldpaniert. Lachend rannten wir über die Wiese und unsere Beine und Füße waren mit gelbem Staub bedeckt, so dass wir wie goldene Statuen oder wie ein goldener Gott waren. Er küsste meine Füße, der Junge, mit dem ich zusammen war, und als er lächelte, hatte er einen Goldzahn.

Es war bloß eine Wiese mit Butterblumen, aber wir waren jung.«

»Werde ich jemals jung sein?«, fragte ich meine Mutter.

Es war Zeit zum Schlafengehen und mein Vater war dabei, die Uhr aufzuziehen.

»Du bist jung«, sagte mein Vater. »Jünger wirst du nicht, selbst wenn du dir zwei Mal am Tag die Zähne putzt.«
»Du wirst älter werden«, sagte meine Mutter, »so sieht's aus.«
»So sieht was aus?«
»Dann wirst du den Schatz nicht mehr finden können.«
»Werde ich zu alt sein, um danach zu suchen?«
»Nein, aber du wirst an der falschen Stelle suchen.«
»Warum finden nicht alle den Schatz?«
»Manche Leute bestreiten, dass es so etwas überhaupt gibt.«
»Das liegt daran, dass sie ihn nie gefunden haben.«
»Und andere wissen nicht, wo sie danach suchen sollen.«
Meine Mutter und mein Vater trugen beide eine Brille. Ich nahm die meiner Mutter von ihrer Nase und versuchte, durch sie hindurchzusehen. Die Welt war verschwommen und fremd.
»Ich kann damit nicht sehen. Du?«
Meine Mutter wandte den Blick ab, mein Vater sah in die Uhr hinein. Unter dem Kohleneimer saß ein kleiner Käfer. Auf dem Kaminsims saßen drei Ebenholzelefanten mit Elfenbeinstoßzähnen. Es gab einen Messingkegel für dünne Kerzen. Der Spiegel mit den schräg geschliffenen Kanten, aufgehängt an seiner Kette, stammte aus einem besseren Haus als unserem; er war mit Engeln und Bannern geschmückt. Neben dem Feuer stand ein Zinneimer, aus dem altes Geld und ausländische Münzen quollen – die Art Beute, die aus abmontierten Autopolstern fiel, oder hinten aus den ausgekippten Schubladen geräumter Häuser. Nichts davon hatte irgendeinen Wert, aber wir sammelten

es trotzdem, und wenn meine Eltern nachdenklich waren, nahm einer von ihnen eine Hand voll Münzen, warf sie ins Feuer und rief: »Geld wie Heu!«
Ich sah dabei zu, wie es brannte. Ich sah dabei zu, wie die Legierung aus den Monarchenköpfen blutete, wie sich die billigen französischen Vorkriegs-Francs wie Alufolie krümmten und wanden. Die besten Münzen waren die echten Kupferpennys, die erst orange, dann blau brannten – ein Blau wie bei Aladins Wunderlampe, wie an der Unterseite von Drachenflügeln, oder wie das Grün von Kobolden.
Ich liebte das Feuer. Die Kohlen waren meine Bücher. Sobald sie so heiß waren wie Geschichten, brachen sie in Flammen aus und ich las darin die Geschichten, die mir keiner vorlesen wollte.
»Was siehst du da?«
Es war die Stimme meiner Mutter, die mich aus meilenweiter Entfernung anbrüllte. Ich schüttelte mich aus meinem Trancezustand beim Feuer.
»Eine andere Welt.«
»Die gibt es nicht.«
Ich zeigte auf die Straße, die sich durch die Flammen schlängelte. Sie war wütend auf mich.
»Das Feuer wird bald aus sein. In der Asche ist nichts als Asche.«
Sie ging ins Bett. Auch mein Vater ging ins Bett. Sie ließen mich wie üblich allein, um am sterbenden Feuer zu schlafen und im Dämmerzustand dazuliegen.
Als sich das Neue an mir abgenutzt hatte, hatten sie es aufgegeben, mich in mein galvanisiertes Bett zu bringen, und

so legte ich mich entweder hinein oder auch nicht, wie ich gerade Lust hatte.

Das Feuer war grau. Die Straße war verschwunden. Ich musste jung bleiben. Ich musste an der richtigen Stelle suchen. Ich durfte das Feuer nicht ausgehen lassen. Ich musste an den Schatz glauben. Den Schatz finden musste ich auch.

EXTRAS

Im Jahr 1999 fanden Bergsteiger auf dem Mount Everest eine Leiche.
Daran war nichts Ungewöhnliches – der Mount Everest ist vieler Menschen Grab. Das Ungewöhnliche daran war, dass die Leiche seit 1924 als vermisst galt und konserviert und unbemerkt dort gelegen hatte, um fünfundsiebzig blanke Jahre lang Wache zu halten.
Die Leiche gehörte George Mallory.

Am Morgen des 6. Juni 1924 aßen Mallory und sein Partner, Andrew Irvine, zum Frühstück Sardinen, nahmen ihre Sauerstofftanks und begannen, den Everest ein letztes Mal zu besteigen.
Es war Mallorys dritte Expedition. Jedes Mal waren die Männer zurückgeworfen worden. Egal, wie hoch sie kletterten, der Everest war immer höher.
Inzwischen war der übrig gebliebene Teil der Mannschaft untauglich, litt an Erfrierungen, war schneeblind und höhenkrank. Auf Grund der extremen Witterungsverhältnisse, eisige Lufttemperaturen bei 45 Grad in der Sonne, schälte sich bei Irvine die Haut vom Gesicht. Das Lager stand kurz davor, sich aufzulösen. Mallory sprach sich für einen allerletzten Versuch aus. Seine Kollegen waren der Ansicht, er sei in erbärmlichem Zustand und geistig labil.

Nach zwei Tagen und Nächten des Kletterns hatten es Mallory, Irvine und die Sherpa-Mannschaft vom Nord Col bis zum Lager VI geschafft. Es war Mallorys Geistesblitz gewesen, wie er es nannte, beim Aufstieg verschiedene Lager aufzuschlagen. Lager VI war nichts als ein Zwei-Mann-Zelt auf einem Felsvorsprung. Die Männer kamen an. Die Sherpas machten sich auf den Rückweg zum Nord Col. Der nächste Tag war alles. Der nächste Tag war nichts. Zusammengerollt, Sauerstoff atmend, schliefen die Männer.

Der Tag brach an. Mallory kletterte. So gut war er noch nie geklettert. Seine Finger und Füße bahnten sich einen Weg quer über Vorsprünge und verrotteten Kalkstein, so dass er selbst ein sich fortentwickelnder Teil des Berges zu sein schien. Der Berg bewegt, verschiebt, verändert sich unablässig. Mallory bewegte sich mit ihm, übernahm seinen unergründlichen Fluss als Rhythmus für den eigenen Körper. Er sang den Berg, und der Berg, scharf, hoch, außerhalb menschlicher Reichweite, hörte ihn und antwortete.

Irvine folgte. Jung, unerfahren, vertrauensselig, wäre er Mallory überallhin gefolgt. Seine Finger und Zehen schoben sich gutgläubig in die Spalten, die Mallory notierte. Jede Note trug sie auf der Oktave des Berges höher hinauf. Sie erklommen unmögliche Plateaus, senkrechte Spitzen. Mallorys Körper war dem Berg auf den Leib geschrieben.

Die beiden Männer wurden am 8. Juni 1924 um 12.15 Uhr zum letzten Mal gesichtet.

Einer aus der Mannschaft, Odell, war ihnen hinterhergeklettert, hinauf zu Lager VI, und als er den Gipfel nach einem Zeichen absuchte, sah er auf einmal eine dunkle Gestalt, dann eine zweite, die sich rasch auf die allerletzte Spitze zubewegten. Dann waren sie hinter den Wolken verschwunden.

Es begann zu schneien. Mallory merkte es kaum. Er war leicht, sauber, der Kopf voll kristallklarer Musik von jener Art, wie er sie die tibetanischen Mönche im Kloster von Rongbuk hatte spielen hören. Es gab nichts zu fürchten. Es gab nur die Vorwärtsbewegung des Aufstiegs und sein Herz, das im Takt schlug.
Warum konnte er sein Herz hören? Der Gedanke kam und ging.

Er hatte Durst. Sie hatten ihren Kocher verloren und waren nicht in der Lage gewesen, ein wenig Eis aufzutauen. Der Sauerstoff war aus. Er fror sehr, doch seine Finger und Zehen passten mühelos ins Felsband. Irvine hatte inzwischen zu kämpfen, doch es gab keinen Grund zur Besorgnis. Mallory würde ihn an einem Seil hochziehen. Er würde ihn jetzt hochziehen, denn sie waren da.

Die Spitze des Mount Everest, die den höchsten Punkt der Erde darstellt, ist ungefähr so groß wie ein Billardtisch. Mallory hatte das Spiel gespielt und gewonnen. Nur, dass es sich nicht wie ein Spiel anfühlte, es fühlte sich an wie Musik. Der Berg war eine einzige, immense, lebende Vibration. Wieder hörte er die stechenden Geräusche in seinem Kopf, und darunter seinen Puls.

An dem dünnen Seil zog er Irvine zu sich heran. Er stieß mit seiner Uhr an und das Glas zerbrach. Er begann zu lachen, und dann konnte er nicht mehr aufhören, weil es wirklich so albern war, seine Uhr, die tick tick tick macht, wo doch die Zeit längst stehen geblieben war und es keine Zeit gab. Nicht hier. Sie waren außerhalb der Zeit, das wusste er.

Sie schwiegen, die beiden Männer, und auch der Berg schwieg. Er war Besuch nicht gewohnt. Nicht hier.

Irvine zitterte unkontrolliert, Mallory indessen war ruhig. So ruhig wie der Berg, zu dem er allmählich wurde.

Sie begannen den Abstieg.

•••

Irvines Leiche wurde nie gefunden, obgleich manche behaupten, sie sei gesichtet worden.

Mallory lag mit dem Gesicht nach unten, sein Rücken und seine Schultern hatten sich in einen Teil des Berges verwandelt. Anhand der Etiketten in seinen Kleidern wurde er identifiziert – W. F. Paine. High St. Godalming. G. Mallory.

Er hatte den Mount Everest in seinem alten Tweedjackett erklommen.

In der Innentasche, festgefroren an seinem Herzen, ruhte ein letzter Brief von seiner Frau.

Entfalte ihn. Lies ihn. Sie liebt ihn. Sie will, dass er nach Hause kommt. Seine Kinder vermissen ihn. Der Garten ist herrlich.

Ihre Augen sind dunkel. Seine sind bleich.

Mallory fiel. Wir wissen nicht, wie. Er wurde kopfüber, mit gebrochenem Körper und geschlossenen Augen gefunden. Die zersprungene Uhr war in seiner Tasche. Es gab keine Zeit mehr.

Eigener Held

In diesem Leben muss man sein eigener Held sein.
Damit meine ich, dass man mit seiner eigenen Kraft und auf seine Art und Weise das gewinnen muss, worauf es einem ankommt, was auch immer es sei.
Ob es einem passt oder nicht, man ist allein im Wald, genau wie in all diesen Märchen, die mit einem Helden anfangen, der meistens dumm ist, aber irgendwie mutig, oder vielleicht schlau, aber schwach wie Stroh, und weg ist er (das Geschlecht spielt heute mal keine Rolle), von niemandem angefeuert, über die Schlösser und die Bären und die alte Hexe und den verzauberten Fluss hinweg, und irgendwann (so hoffen wir) wird er den Schatz finden.

Am Tag, an dem ich geboren wurde, wurde ich zur sichtbaren Ecke einer zusammengefalteten Landkarte.
Ich wurde nicht in Reichtum hineingeboren. Ich wurde geboren, um Maschinen zu achten. Meine Eltern und Großeltern waren Weber. Sie arbeiteten in den bebenden Hütten, die die Tallinie mit ihren hohen Schornsteinen durchbrachen. Sie arbeiteten Zwölf-Stunden-Tage und verloren in ihren Vierzigern ihr Gehör. Sie brachten ihre

eigene Spezies hervor wie Schafe oder Schweine, aber der Mensch ist kein Schaf oder Schwein. Sie brachten mich hervor, unerwartet, ungewollt. Sie brachten mich hervor, und ob es nun aus Verzweiflung geschah oder einem siebten Sinn für Ärger, jedenfalls gaben sie mich weg. Von den anderen gaben sie niemanden weg, davor oder danach, aber mich schon, und zwar schnell.
Sie übergaben mich dem Schicksal, hängten nicht mal einen Zettel ins Fenster des Postamts, auf dem »In gute Hände abzugeben« stand. Gute Hände, schlechte Hände, gar keine Hände, es war ihnen gleich, und sie gaben mir kein Bündel mit für die Reise.
Das Leben war eine Reise, die ich selbst ganz allein würde antreten müssen.
Ich selbst. Wenn sie mir schon nichts auf den Weg mitgaben, war dies das eine, was sie nicht wegnehmen konnten.

Ich denke manchmal an mich, wie ich, ohne laufen zu können, ohne krabbeln zu können, in meinem Kinderbettchen liege und den Straßenbahnen auf ihren Metallschienen lausche. Nachts, vor dem Fenster, gab es ein gegenüberliegendes Zimmer mit einer großen kugelförmigen Hängelampe aus weißem Porzellan. Sie sah aus wie der Mond. Sie sah aus wie eine andere Welt.
Ich betrachtete sie immer, bis ihr Bild zu Schlaf wurde und bis die letzte Straßenbahn vorbeigerauscht war, die Kurve in der Straße hörbar gemacht durch die zusammengedrückte Luft in den Gummifalten zwischen den Waggons.

Die Kugel und die Straßenbahn waren meine Begleiter, und ihre Gewissheit, ihre Zuverlässigkeit machten den Geruch von saurer Milch erträglich, und die hohen Stangen des Kinderbettchens und die Schritte auf dem polierten Wachstuch – Schritte, die sich immer nur entfernten.

Meine Mutter, so hieß es, war eine kleine Rothaarige aus den Fabriken von Manchester, die mich mit siebzehn Jahren zur Welt brachte, mühelos wie eine Katze.
Ihre Stimme war weich – wie der Fluss über der Kreideschicht des Flussbetts. Du wirst sagen, ich hätte sie nie gehört, aber ich hörte sie jeden Tag während der neun Monate, in denen ich ihre Gefangene war oder sie meine.
Ich kannte ihre Stimme, und einmal muss ich doch auch ihr Gesicht gesehen haben, oder nicht?
Stimme und Gesicht sind irgendwo in mir beheimatet, so wie ich in ihr beheimatet war. Es war eine kurze Ewigkeit, in der ich wartete, bis die Zeit begann. Dann warf mich die Zeit hinaus, schnitt mich los, und stellte die Uhr – LAUF! LAUF! Bis so viel Abstand zwischen dir und damals ist, wie es nur geht.

Um vor Entdeckung geschützt zu sein, bleibe ich auf der Flucht. Um Dinge für mich zu entdecken, bleibe ich auf der Flucht.

Fleischliche Welt

Nacht. Ich sitze vor meinem Bildschirm und frage mich, wie sich diese Geschichte wohl entwickeln wird. Ein Briefumschlag kommt mir entgegengeflogen. Ich öffne ihn. Was soll man sonst machen?

»Ali. Ich komme nach London.«
(Ich sollte etwas erwidern. Was soll man sonst machen?)
»Geschäftlich oder zum Vergnügen?«
»Ich will dich sehen.«
»Ich dachte, wir würden uns nicht mehr sehen.«
»Tun wir auch nicht.«
»Willst du die ganze Zeit die Augen zulassen?«
»Ich würde dich auch im Dunkeln erkennen.«
»Hör auf damit.«
»Wo wohnst du?«
»Du hast doch meine Website.«
»Fleischliche Welt, nicht virtuelle Welt.«
»Spitalfields.«
»Wo?«
»Ich wohne in Spitalfields.«
»Klingt ja ekelhaft.«

»Es ist direkt in der Innenstadt. Das London der Römer, das London von Falstaff, das London von Dickens.«

»Wie heißt es und wie ist die Nummer?«

»VERDE. Frag nach dem alten Markt.«

»Verde? Wie auf Italienisch? Wie grün?«

»Du siehst es schon. Es ist ein altes Haus …«

Spitalfields

Dieser Stadtteil ist ein kaiserliches Labyrinth aus Straßen, die sich zu Gassen verdunkeln, und Gassen, die sich zu Mauern in nichts auflösen. Das Rauschen des Flusses ist in der Nähe, doch das Wasser selbst ist unsichtbar. Es ist, als ob das Wasser überall und nirgends wäre, vielleicht unter den Straßen, vielleicht in den Häusern, mit ihren wässrigen Fenstern, wo das alte Glas das Licht reflektiert.

Dieser Stadtteil war schon immer ein Ort der Flüchtlinge. Exil oder Zufluchtsort, sie kommen hierher, schon seit den Hugenotten mit ihren Stoffballen, seit den Bengalis mit ihren Ausbeuterbetrieben und seit den stillen Menschen aus Hongkong mit ihrem Geld.

Neben alldem hat sich immer das Leben der Händler abgespielt – Engländer, Spanier, Holländer, die gasbehandelte Apfelsinen und waffenlagerweise Zitronen in der Größe von Handgranaten feilboten.

Die gelben Gesichter der Chinesen fand man einst flussabwärts, wo die Opiumschiffe einliefen. Jetzt handelt der Yen mit dem Euro, und das neben dem ältesten Gewerbe, das hier seit jeher und noch heute floriert – die kurzen Röcke neben dem Hotdog-Stand vor der Kirche.

•••

In einem alten Stadtteil wie diesem bringt die Zeit das Bild zum Einstürzen.
Hier bin ich, auf dem Hochseil des einundzwanzigsten Jahrhunderts, das schlank ist wie ein Jahr, und die hohen alten Häuser sind zweihundert Jahre alt und sitzen auf Straßen, die sich vierhundert Jahre zurückwinden, auf Wagenspuren, die mittelalterlichen Mönchen gedient haben. Oder Shakespeare. Oder Dr. Johnson und seinem Freund Boswell dem Schotten. Sie alle kamen hier vorbei. Stell sie jetzt hierhin, und sie würden das alles noch wieder erkennen.
Stell mich jetzt hierhin, und das Seil jenes einzigen Jahres, das sich in die Zukunft streckt, ist alles, was ich habe, um im Gleichgewicht zu bleiben und nicht zur einen oder anderen Seite hinunterzustürzen.

Es gibt hier ein indisches Lebensmittelgeschäft. Bündelweise Koriander bilden eine Hecke zwischen Laden und Bürgersteig, und dahinter stehen Platten mit Chilischoten und stapelweise H-Milch-Tüten.
Jede Woche kommt der Lieferwagen mit dem Tiefkühlfisch, und zwei Bengalis ziehen etwas raus, das aussieht wie Moby Dick. Zwei weitere wanken mit einer stählernen Werkbank und einer Kreissäge auf den Bürgersteig hinaus. Moby Dick wird auf den Stahl geklatscht. Die Säge kreischt. Der unbenennbare graue Fisch wird ordentlich in currygroße Portionen eingetütet.
Nebenan lässt der Halal-Schlachter mit sanfter Hand das Blut eines Schafes in eine Plastikwanne rinnen.

»Als ich als kleiner Junge zum ersten Mal hierherkam«, erzählt mir ein alter Taxifahrer, »wachte ich auf und guckte aus dem Fenster, und auf der Petticoat Lane war Markt, und ein Bursche verkaufte gerade ein Löwenbaby – das saß da wie 'ne Katze und putzte sich die Pfoten – genau wie irgend eine x-beliebige Hauskatze.
Da drüben stand ein starker Mann in Ketten, der sich gerade entfesselte, und dann stand ein Schwarzhemd auf, Sie wissen schon, einer von Mosleys Faschisten, und er hielt 'ne Rede, und dann gab's 'ne Prügelei, und plötzlich hörte man einen Pfiff, und die Polizei kam die Brick Lane runtergerannt, nur dass niemand geschnappt wurde, weil sich der Abfall vom Fleischstand in der Gosse häufte, und die Hälfte der Polypen rutschte drauf aus und die andere Hälfte stolperte über sie drüber.«

Man braucht nur irgendjemanden hier aus der Gegend um eine Geschichte zu bitten, und schon bekommt man sie.

Gestern machten ein paar Archäologen hier Ausgrabungen. Sie hoben einen Sarkophag aus, der einen reich geschmückten Bleisarg schützte.
Seit eintausendachthundert Jahren hatte er hier gelegen.
Man vermutet, dass sich in dem Sarg der römische Gouverneur von London befindet, der Körper mit einem Gips- und Kreidegemisch bestäubt, das man zum Desinfizieren benutzte.
Sie gruben ihn aus, als sie das Fundament für eine neue Bank aushoben – die Art Tempel des Mammon, die dem Gouverneur gefallen hätte. Vielleicht haben sie sich des-

halb für die Stelle entschieden. Vielleicht war er es, der sie reizte, auch wenn sie es nie zugegeben hätten. Vielleicht war da, bei all dem Gerede von Grundstückspreisen und Toplage und Verkehrsanbindung und Investitionsmöglichkeiten, vielleicht hinter den glasigen Augen des Hauptbuchhalters, vielleicht in den Träumen des Vorsitzenden, vielleicht unter der Oberfläche Tausender Tassen Kaffee bei Hunderten von Planungssitzungen schwebend, vielleicht zwischen den Zeilen der glänzenden Fakten und Zahlen, die an die Aktionäre verschickt werden, vielleicht im Beben des Blutes in der Hand, die den Stift hielt, mit dem der Scheck unterschrieben wurde, vielleicht war da der Wille eines Toten, der auf seinen letzten Tribut wartete.

Weit hergeholt?
Die Vergangenheit ist magnetisch. Sie zieht uns zu sich hinein. Dagegen sind wir machtlos und, genau wie mit allen anderen Dingen in uns, gegen die wir machtlos sind, denken wir uns aufwändige Erklärungen aus, um die mächtigen Dinge, die uns nicht gehören, mittels Beschwörungen zu vertreiben.

Da ist er, kommt langsam in seinem Schleppkahn die Themse hochgerudert. Das ist er, der mit dem frisch geschnittenen Haar und den sauberen Fingernägeln.
Auf beiden Seiten des breiten Flusses sind Märsche und stumpfer Sand, und tiefer landeinwärts sind Wälder, so dicht bewachsen wie eine üppige Ernte. Doch diese Wälder sind unwegsam, und die unsichtbaren Augen, die ihn

beobachten, sind so weit von der Zivilisation entfernt wie er von zu Hause.
Seine Männer haben im Bug des Kahns ein Kohlenfeuer angezündet. Damit halten sie sich warm. Es dient ihnen als Lichtquelle. Die Olivenkerne, die sie als Brennstoff benutzen, verbrennen zu Puder, und wenn ein Mann mit dem Schürhaken darin herumstochert, riecht er sein Heimweh im scharfen salzigen Grün des Feuers.
Und so gleitet der Kahn weiter, und die Augen, die aus dem Wald blicken, halten ihn, auf seinem Weg flussaufwärts, für das Feuer selbst. Das Feuer, das sich gleichmäßig durch die Dunkelheit und den Nebel bewegt. Die Unmöglichkeit von Feuer und Wasser. Das Feuer, das auf die Bäume überspringen wird, auf die Siedlungen, auf die Hütten der Briten selbst, bis jeder Widerstand zu Asche geworden ist. Oder?
Die Wälder können gerodet und die Straßen begradigt werden, doch die ungezähmten Dinge dringen tiefer hinein, sind jenseits der Entdeckung, und warten.

»Öffne ihn …«
»Sind alle soweit?«
»Mach ihn auf, Herrgott nochmal!«

Der Sarkophag ist umringt von Männern in grünen Masken, als ob dieser Ort ein Operationssaal wäre. Draußen warten die Fernsehteams und Journalisten auf die bedeutendste Entdeckung, die jemals im römischen Teil Londons ausgehoben wurde.

•••

»Wenn wir seinen Körper sehen, wird er uns alles sagen.«
»Was für ein Mann er war, wie mächtig …«
»Gut. Sind alle soweit? Es geht los.«
Mit unendlicher Sorgfalt wird die Seite des Grabes geöffnet. Ein braunes Rinnsal sickert heraus.

»Mein Gott. Wie ist das denn da reingekommen?«
»Dieses Ding sollte doch eigentlich luftdicht sein, wasserdicht.«
»Es war bombensicher. Es hat achtzehnhundert Jahre überlebt.«
»Bombensicher, aber nicht wasserdicht, wie?«
»Halt den Mund und öffne das Ding.«

Goldener Stoff, Blätter, Schlamm, ein Skelett. Hoher Wasserschaden … Und …

»Sieh dir mal das Becken an.«
»Was?«
»Das ist eine Frau.«

HILFE

Du warst nach London gekommen.
Wir waren zusammen im Bett und sahen, wie die Sonne durchs Fenster flutete. Ich war auf traurige Art glücklich, weil ich wusste, dass es mit uns beiden niemals funktionieren würde.
Funktionieren. Nicht funktionieren. Was meine ich eigentlich damit?
Wenn jemand zu Mallory gesagt hätte, er würde den Mount Everest erklimmen, aber dabei sterben, hätte er ihn dennoch erklommen.
Was spielt das Ende schon für eine Rolle?
Hier, jetzt, das reicht doch, oder?

Du hattest mich einmal gefragt, ob ich Angst vor dem Tod hätte.
Ich sagte, ich hätte Angst davor, nicht zu leben.
Ich will mein Leben nicht strecken wie bei einer Lebensmittelknappheit. Das einzig selbstsüchtige Leben ist ein ängstliches. Sich zurückzuhalten, zu entziehen, das Beste aufzusparen bedeutet sowohl eine Überbewertung des Ich als auch eine Unterbewertung dessen, was das Ich ist.
Hier ist mein Leben – ich muss es zu Tage fördern, bebauen, auf dem Markt anbieten, vermieten, und wenn der Pachtvertrag abgelaufen ist, kann ich ihn nicht erneuern.

Das ist meine Chance. Ergreif sie.

•••

Du rolltest dich auf die andere Seite, damit ich deinen Rücken streicheln konnte.
Sex mit Frauen ist spiegelgleiche Geographie. Sein Geheimnis ist subtil – unendlich gleich, unendlich anders. Du bist eine Spiegelwelt. Du bist der versteckte Ort, der sich mir auf der anderen Seite des Spiegels öffnet. Ich berühre deine glatte Oberfläche, und dann tauchen meine Finger hindurch zur anderen Seite. Du bist das, was der Spiegel reflektiert und erfindet. Ich sehe mich selbst, ich sehe dich, zwei, einen, keinen. Ich weiß nicht. Vielleicht muss ich es nicht wissen. Küss mich.

Du küsst mich und der Spiegel läuft an. Ich höre auf zu denken. Die fleischliche Welt hat schon noch Vorteile für ein Mädchen aus Kohlenstoff.

Geliebte – mit deinem Haar wie ein Leuchtfeuer, das jemand umgeworfen hat, rot, ausgebreitet, mit fliegenden Funken. Ich will dich nicht besiegen; ich will dich nur erklimmen. Ich will hindurchklettern durchs Feuer, bis ich selbst zu Feuer geworden bin.
Die Liebe ist kompliziert geworden, mit Versprechen zusammengeschnürt, durch Pläne verbeult, von einem Ende gejagt, das keiner haben will – wo die Liebe doch nur das ist, was sie immer ist, dass du mich ansiehst und mich willst und ich mich nicht wegdrehe.
Wenn ich nein sagen will, werde ich es tun, aber aus den

richtigen Gründen. Wenn ich ja sagen will, werde ich es tun, aber aus den richtigen Gründen. Lass die Konsequenzen. Lass das Finale. Lass die großen Reden. Man sollte die Schlichtheit des Gefühls nicht überstrapazieren. Ich kriege einfach nicht heraus, was das alles kosten wird oder was wir einander schulden. Den Eintritt zahlt man niemals nur wegen der Tür, aber du stehst offen und ich will hinein.

Lass mich rein.

Du tust es.

In diesem Raum, der in deinem Innern ist und in meinem, habe ich keine Rechts- oder Gebietsansprüche. Es gibt keine Grenzen oder Grenzkontrollen. Die üblichen Kanäle existieren nicht. Dies ist der reine anarchische Raum, den niemand beherrschen kann, obwohl es jeder versucht. Dies ist ein herrscherloses Land. Ich kann kommen und gehen, wie es mir passt. Dies ist Utopia. Es könnte sich niemals außerhalb des Bettes abspielen. Dies ist das Regierungsmodell für die Welt. Niemand wird es wählen, aber jeder kommt hierher zurück.

Die meisten von uns versuchen, das Ganze in Macht zu verwandeln. Wir haben zu viel Angst, um irgendetwas anderes zu tun.

Aber es geht nicht um Macht, sondern um Sex.

Sex. Wie fing alles an?

In der sonderbaren dunklen Geschichte unserer Evolution gab es eine Verschiebung, eine Unvermeidlichkeit, weg von den sich eigenständig fortpflanzenden Organismen – zum Beispiel Bakterien – und hin zu den Organismen, die verschmelzen müssen, um zu überleben.

Weißt du was, die Bakterien kennen das Geheimnis des ewigen Lebens. Sie sterben nicht, es sei denn, sie werden getötet. Sie verändern sich nicht, sie altern nicht, alles, was sie tun, ist sich vermehren.
Verschmelzung bringt Komplexität und Vielfalt, aber damit Hand in Hand, und wir wissen nicht warum, kam der Tod in der ersten seiner vielen Verkleidungen. Der Tod, verkleidet als das Leben.
Es war unsere einzige Chance. Wir ergriffen sie.
Also hatte das morbide Mittelalter, hatten die sich verzehrenden Dichter der Romantik nicht Unrecht. Sex und Tod gehören zusammen, sind in unserer Vorstellung miteinander verbunden, genau wie in unserer DNA.
Sex und Tod sind unsere Ur-Eltern. Für manch einen von uns sind sie die einzige Familie, die wir jemals haben werden.

•••

Sex. Wie fing alles an?
Das Hotelzimmer in Paris. Das Abendessen bei Paul. Der Spaziergang über die Brücke. Champagner am Nachmittag. Der Regen. Dein Gesicht.
Und davor? Bevor ich dich sah?

Ja, ich suche etwas. Ich suche dich, suche mich, glaube daran, dass es den Schatz wirklich gibt. Vom allerersten Augenblick an (wie man so sagt) wusste ich, wie es anfangen würde.
Wie das alles enden wird, weiß ich nicht.

»Du hast nie genug, stimmt's?«
Das war sonderbar, weil ich genug hatte, in dem Moment. Ich zog dich zu mir herunter, spürte dein Haar auf meinem Hals.
Ich sagte: »Wenn ich nie genug habe, ist es meine Schuld, nicht deine.«

Sie sah mich an, als wäre ich verrückt. Die meisten meiner Geliebten tun das, manche lieben mich deswegen und manche verlassen mich deswegen. Aber um die Wahrheit zu sagen, auch ich habe schon die eine oder andere verlassen.

Sie sagte:
»Wir wollen beide leben. Darum bin ich hier.«
»Du willst das Risiko.«
»Was ist daran so verkehrt?«
»Und du willst Sicherheit.«
»Was ist daran so verkehrt?«
»Liest du nicht den Wirtschaftsteil?«
»Niemals. Ich bin mit einem Banker verheiratet.«
»Risiko und Sicherheit gibt's niemals innerhalb derselben Investition.«
»Du bist nicht sicher.«
»Nein, aber deine Ehe ist es.«
»Hör zu, wenn ich meinen Mann für dich verließe ...«
»... würde ich dich noch im gleichen Jahr sitzen lassen, glaubst du.«
»Ja, das glaube ich, wenn du's genau wissen willst.«
»Warum sagst du das?«

»Du bist kein Bleiber.«
»Ich bin kein Sitzenlasser.«
»Du willst mich, weil du mich nicht haben kannst.«
»Ist das deine Meinung?«

Tiefe Seufzer. Zerwühltes Bettzeug. Schluck Wasser. An die Decke starren.

•••

»Damals, in der Nacht in Paris, da musste ich dich haben.«
»Das ist dir ja dann wohl gelungen.«
»Ich dachte, ich würde dich nie wiedersehen.«
»Wolltest du mich denn wiedersehen?«
»Nein.«
»Aber du bist nach Capri gefahren, als du wusstest, dass ich dort sein würde.«
»Ich war neugierig, was passieren würde.«
»Das Ganze hier ist bloß ein Spiel, stimmt's?«
»Ich war neugierig, ob du mich wirklich lieben könntest.«
»Das versteh ich nicht.«
»Ich dachte, wenn ja, lägen die Dinge vielleicht anders, könnte alles anders werden.«
»Und, ist es anders geworden?«
»Ja.«
»Wie denn?«
»Ich fing an, dich zu lieben. Damit hatte ich nicht gerechnet. Meine Schuld, nicht deine.«
»Und jetzt?«

Sie ließ ihre Hände über meinen Körper gleiten, und aus

ihrer Stimme klang so etwas wie Verblüffung. Sie sagte die Wahrheit und das war schwer. Sie wandte den Blick ab und sagte zu mir: »Scheint, als wäre ich in meine eigene Grube gefallen.«

Ich wandte mich um und nahm sie so fest wie ich konnte in den Arm.
»Ich möchte niemals deine Falle oder Schlinge sein.«
Dann, weil sie weinte, erzählte ich ihr die Geschichte vom Rotfuchs.

Ein Jäger liebte eine Prinzessin. Ganz einfach.
Jeden Morgen brachte er ihr die Schätze des Waldes. Er brachte ihr Reh und Eber. Er brachte ihr Wolfspelz und Büffelhaut. Er besiegte mit bloßen Händen einen Löwen und brachte den gefürchteten alten Schwarzbären zur Strecke. Für sich behielt er nichts. Es gab nichts, was er wollte, außer, dass sie ihn liebte, was nicht der Fall war.
Eines Tages, als sie mit ihren Damen zu Pferde unterwegs war, entdeckte die Prinzessin vor sich auf dem Weg einen Rotfuchs. Noch nie war ein Fuchs so rot gewesen. Sie sah ihm beim Laufen zu, die Beine so weit von sich gestreckt, dass er flach auf der Oberfläche der Luft zu liegen schien. Den ganzen Tag lang blieb der Rotfuchs in der Nähe der Reitpartie, und die Prinzessin war beunruhigt.
In jener Nacht sah die Prinzessin in den Spiegel und es schien ihr, als würde das Rot des Fuchses ideal zu ihrer weißen Haut passen. Sie strich sich über Hals und Nacken und stellte sich das Gefühl von Fuchspelz vor. Es würde bald Winter sein.

Als der Jäger am nächsten Morgen zu ihr kam, sagte sie: »Wenn du mich liebst, bring mir den Pelz des Rotfuchses.« Und der Jäger sagte: »Alles könnt Ihr von mir verlangen, aber nicht das.«
»Dann liebst du mich nicht«, sagte die Prinzessin.
»Ich werde die Sterne durchforsten und den Löwen und den Stier vom Himmel holen, aber verlangt nicht den Rotfuchs von mir.«
Die Prinzessin war wütend und wandte sich ab.

Nach vielen Tagen und Nächten, nachdem der Schnee zu fallen begonnen hatte, leicht wie ein Versprechen, kam der Jäger zur Prinzessin und versprach, ihr den Rotfuchs zu bringen. Er stellte ihr eine Bedingung.
»Sag es.«
»Der Fuchs muss lebendig zu Euch gebracht werden.«
»Ich akzeptiere die Bedingung.«

•••

Der Jäger verließ den Palast und ward drei Wochen lang nicht gesehen. Es wurde kälter und der Schnee war schwer wie Trauer. Wenn die Prinzessin hinaussah, sah sie nichts als Weiß.
Oder?
Am letzten Morgen der dritten Woche sah die Prinzessin wie üblich aus ihrem Turm und erblickte einen Feuerstreif im Schnee. Ein schneller roter Strich bahnte sich einen Weg durch den Schnee, brachte ihn auf beiden Seiten zum Schmelzen, als ob der Frühling gekommen wäre. Ohne innezuhalten oder stehen zu bleiben und ohne einen Ab-

druck zu hinterlassen, lief der Fuchs kreuz und quer durch die Schneereste, bis er das Schloss erreichte.
Die Prinzessin selbst war ebenfalls losgelaufen, hinunter aus ihrem hohen Turm, die Wendeltreppe hinab und hinaus in den weißen Schlosshof, wo sich der Fuchs, keuchend in rotem Dampf, ihr zu Füßen legte.
Die Prinzessin streckte die Hand nach ihm aus und der Fuchs leckte sie ihr, während sie sich bückte, und er blickte sie flehend an. Sie berührte ihn und ihre weiße Hand vergrub sich in dem dichten warmen Pelz, der weich war wie Blut.
Dann richtete sie sich auf und gab einem ihrer Männer ein Zeichen. Ihr Gesicht war klar und kalt. Sie befahl dem Diener, sein Messer zu zücken, den Fuchs im Nackenfell zu packen, und dann, eine Sekunde lang, eine einzige Sekunde nur, zögerte sie und betrachtete ein letztes Mal die tapferen, flehenden Augen und den kräftigen Kopf, der keinen Widerstand leistete.
Der Diener schnitt dem Fuchs die Kehle durch, und als das Blut in einer warmen Fontäne über das eisige Pflaster des Schlosshofs rann, strauchelte der Diener und stürzte unter dem Gewicht dessen, was er in Händen hielt, zu Boden. Der Fuchs war verschwunden, und der Jäger lag tot auf dem Schlosshof.

Du lagst in meinen Armen.
»Ich will nicht mehr von dir verlangen, als du geben kannst«, sagtest du.
»Ich bin ja diejenige, die verlangt.«
»Wir verlangen beide.«

»Also, wie ist die Antwort?«
»Nicht so.«
»Es kommt mir vor wie eine Antwort, wenn wir hier zusammen sind.«
»Es gibt da draußen auch noch eine Welt.«
»Bist du sicher?«
»Fang nicht wieder damit an.«
»Ob Welt oder nicht, ich will dich bei mir haben.«
»Die Sache ist zu intensiv. In einem halben Jahr hätten wir einander ausgelaugt.«
»Ein Feuer kann sich nicht an sich selbst verbrennen.«
»Es erlischt.«
»Hör zu, ich will nicht, dass du deine Ehe für mich aufgibst.«
»Schon erschöpft?«
»Ich will, dass du sie für dich aufgibst.«

Sie stand auf. Dieses Gespräch ist ihr zuwider und mir auch. Warum kehren wir immer wieder hierher zurück, als hätten wir ein Verbrechen begangen?
Ich ging ihr nach, berührte ihre Schulter, sanft, bedauernd.
»Ich mach uns was zu essen.«

Ich ging in die Küche. Ich esse leidenschaftlich gern. Ich liebe die Klarheit, den unmittelbaren Genuss des Essens. Ich liebe es schlicht, absolut frisch und frisch zubereitet. Im schlimmsten Fall, wie jetzt, wenn ich mir auf nichts mehr einen Reim machen kann, koche ich, um auf diese Weise wieder Ordnung ins Chaos zu bringen. Um mich auf diese Weise wiederherzustellen, wenigstens in dieser einen Sache. Es hält meine Hände vom Zittern ab.

SALSA DI POMODORO

Man nehme ein Dutzend Flaschentomaten und schlitze sie längs auf wie einen Feind. Man halte sie in einem Topf mit Deckel gefangen und erhitze sie zehn Minuten lang.

Man schneide ohne Tränen eine Zwiebel.
Man würfle ohne Reue eine Karotte.
Man zerkleinere eine Selleriestange, als ob die Kannelierungen und Kerben die Einschnitte der eigenen Vergangenheit wären.
Zu den Tomaten geben und ohne Deckel so lange köcheln lassen, bis sie kapitulieren.

Pfeffer, Salz und eine Messerspitze Zucker hinzufügen.
Das Ganze durch ein Sieb streichen oder im Mixer oder mit Hilfe eines Pürierstabs zu sämigem Mus zerkleinern.
Und immer dran denken – das da ist das Gemüse, man selbst ist der Koch.
Auf kleine Flamme drehen und mit Olivenöl gleitend machen. Immer nur löffelweise dazugeben und wie eine alte Hexe darin herumrühren, bis man das richtige Verhältnis von schlüpfriger Festigkeit hat.
Auf frischen Spaghetti servieren. Neuen rauen Parmesan und klein gehacktes Basilikum darüber streuen. Jetzt können rohe Gefühle beigemengt werden.

Auftragen. Essen. Reflektieren.

Ich stellte den dampfenden Teller vor sie hin. Sie aß eine Gabel voll, dann noch eine.
»Das schmeckt ja fantastisch.«
»Auf Italienisch schmeckt Essen einfach besser.«
Mit belegter Stimme, den Mund voller Spaghetti, sagte sie:
»Mein Mann ist in Oxford.«
»Ach so.«
»Ich muss da heute hin.«
»Und was ist mit mir?«
»Ich hab ihm von dir erzählt. Na ja, nicht alles über dich.«
»Was genau?«
»Wie wir uns in Paris kennen gelernt haben.«
»Ich dachte, er wüsste nicht, dass du in Paris warst?«
»Ich erzähle ihm immer, wo ich bin, aber nicht immer, mit wem ich zusammen bin.«
»Macht er das mit?«
»Wir haben eine Übereinkunft.«
»Ich wünschte, ich hätte auch eine.«
»Sieh mal, jede Ehe muss auf ihre Art überleben.«
»Und was ist mit den Leuten innerhalb dieser Ehe?«
»Bei uns funktioniert's.«
»Gut. Und was ist mit den Leuten außerhalb dieser Ehe?«
»Niemand wird gezwungen, sich darauf einzulassen.«
»Das sagt sich so leicht.«
»Du bist doch die Frau des Wortes.«
»Stimmt, und wenn das meine Worte wären …«
»Ja, was *würdest* du denn sagen?«

Ich schwieg. Ich habe die Weisheit nicht mit Löffeln gefressen und will die Selbstgerechtigkeit vermeiden, die

sich schützend vor Angst und Hochmut stellt. Ich habe selbst schon so viele Fehler gemacht, dass ich mir nicht herausnehmen kann zu sagen: »So muss das gemacht werden.« Ohnehin ist das Leben keine Formel und die Liebe kein Rezept. Dieselben Zutaten ergeben auch nicht jedes Mal dasselbe Gericht.
Man nehme zwei Menschen. Schneide sie längs entzwei. Im zugedeckten Topf erhitzen. Man füge hinzu: eine Ehe, eine Vergangenheit, eine andere Frau. Zucker nach Belieben. Durch eine Zufallsbekanntschaft passieren. Sparsam einölen. Auf einem Bett aus – oder heißt es, in einem Bett aus –? Frisch verwenden und rohes Gefühl darüber streuen.

•••

»Ich würde sagen, die Liebe schneidet in Längsrichtung.«

Sie schwieg. Wir waren beide bloßgestellt. In Wahrheit kann man sein Herz auf vielerlei interessante Weise zerteilen – hier ein bisschen, dort ein bisschen, das meiste wird zu Hause angehäuft, ein bisschen davon wird verspielt. Doch die Liebe schlägt eine Bresche durch die Mathematik der Gedanken. Die Liebe teilt das Herz längsseitig entzwei – das Herz, wo man ist, das Herz, wo man gern sein möchte. Wie wird man sein Herz heilen, wenn die Liebe es entzwei geschnitten hat?

Sie sagte: »Ich weiß es nicht. Ich weiß nicht, wie das alles enden wird.«

Wir liefen durch die Stadt, mit ihrer Sonntagsatmosphäre eines Raumschiffs, das alle auf den Mars entführt hat.
Es gab keine Broker, keine Banker, keine offenen Läden. Niemand stand an der Bushaltestelle, niemand hielt ein Taxi an. Hin und wieder fuhr ein Auto an uns vorbei, langsam, neugierig, und zwei Polizistinnen bewegten ihre Pferde. Jedes Mal, wenn ich Hufe auf der Straße einer Stadt höre, überkommt mich ein sonderbares Gefühl des »Wo bin ich?«. Die Gebäude verstärken das Geräusch, und zwei trabende Pferde klingen wie eine Kavallerie. Wenn ich mich nicht umsehe, habe ich das Gefühl, als würde die Vergangenheit mich von hinten einholen, und ich höre das Rasseln der Milchwagen und die schweren hölzernen Bierfässer, die von den Kutschen rollen, und die von Pferden gezogene Kiste, auf der SUNLIGHT SOAP steht.
Hinter mir, jetzt, wäre ein Mann in einer flachen Kappe, der auf einem Tablett Uhren aus Dubleegold verkauft, und ein Junge, der vor einem Karren voller Zeitungen die neuesten Schlagzeilen ausruft.
Vor mir sind die Bank of England, die London Wall und ein großer roter Bus. Ich drehe mich halb um, und wenn ich schon nicht das sehe, was ich hinter mir höre, sehe ich doch die Gebäude – edwardianisch, viktorianisch, georgianisch. Die Londoner Altstadt befindet sich gleich über den Ladenfronten. Der Stahl, das Spiegelglas und die Leuchtreklame gehören mir, aber man braucht nur hoch zu sehen, nur ein Stockwerk höher, und die Vergangenheit ist plastischer als je zuvor.
Manchmal frage ich mich, ob sich die Zeit senkrecht aufschichtet und es keine Vergangenheit, Gegenwart, Zukunft

gibt, nur simultane Schichten der Wirklichkeit. Unsere eigene Wirklichkeit erfahren wir im Erdgeschoss. Auf einer anderen Ebene wäre die Zeit woanders. Wir wären woanders in der Zeit.

»Wenn ich die Zeit zurückdrehen könnte, wäre ich mit dir zusammen.«
(Hab ich das nicht schon mal irgendwo gehört?) »Du bist doch mit mir zusammen.«
»Bevor ich dich traf, habe ich Entscheidungen gefällt.«
»Die Ganzheit meines Lebens ist mehr als eine einzige Entscheidung.«
»Manche Entscheidungen sind wichtiger als andere.«
»Diese gehört dazu.«
»Was meinst du damit?«
»Ich meine, es ist entweder/oder.«
»Du oder er?«
»Nein. Dasselbe Leben oder etwas anderes.«
»Mein Leben gefällt mir.«
»Na prima. Dann belass es doch dabei.«
»Aber du bist ein Teil davon.«
»Nein. Nein, das stimmt nicht.«

Ich kann das nicht. Ich bin hier schon mal gewesen, und es ist kein Zimmer mit Aussicht. Die einzige Macht, die ich habe, ist die negative Kraft des Rückzugs. Wenn ich mich nicht zurückziehe, habe ich überhaupt keine Macht. Eine Beziehung, in der einer keine Macht oder negative Kraft hat, ist keine Beziehung, es ist die Bindung zwischen Herrn und Sklave.

»Herrgott, jetzt mach aber mal halblang!«
»Dazu müsste ich mich halbieren.«

Und dann denke ich, warum bin ich so? Warum?

Ich denke, es ist gerechtfertigt zu behaupten, dass meine Eltern als Kinder nicht geliebt wurden, dass sie einander nicht geliebt und dass sie mich nicht geliebt haben. Es gab Besitzansprüche, Angst, Sentimentalität, Begehren, aber keine Liebe. Das hat ein paar Defizite in mir hinterlassen, und ein paar Intensitäten.
Es fehlt jegliches Gefühl für Familie, Bindung, Zugehörigkeit. Intensiviert ist das Verlangen nach Liebe, wie sie wirklich ist – als Freiheit, Überfluss, Großzügigkeit, Leidenschaft. Dante sagte dazu »die Liebe, die die Sonne und die anderen Sterne bewegt«.
Diese Liebe existiert. Vielleicht ist sie das Einzige, was existiert. Sie ist der vergrabene Schatz. Den Schatz gibt es wirklich.

Fragmente, Andeutungen, Hinweise, Briefe treiben mich voran. Hin und wieder war ich kurz davor, aber wie Lancelot vor der Kapelle des Grals war ich nicht imstande, hineinzugehen.
In deinem Gesicht, in deinem Körper, während du gehst und dich hinlegst und isst und liest, hast du die Züge der Liebe angenommen. Berühre ich dich, berühre ich etwas, das tiefer ist als du. Dies rührt etwas in mir an, das sonst zu tief versunken ist, um geborgen zu werden.
Ich leide. Vorsätzlich verhelfe ich mir selbst zum Leiden,

als Test, als Maßnahme, um zu sehen, was damit zu Tage gefördert wird – um zu verhindern, dass ich mich verschließe. Ich will die Wunde nicht schließen.

Die Liebe verwundet. Es gibt keine Liebe, die nicht Hände und Füße durchbohrt. Das unsagbare Glück der Liebe ist zugleich auch der unsagbare Schmerz der Liebe. Ich suche den Schmerz nicht, aber er ist da. Ich suche das Leiden nicht, aber es ist da. Es ist besser, nicht zurückzuschrecken, diese Dinge in Richtung Liebe nicht zu umschiffen. Sie ist nicht einfach, diese Liebe, doch nur das Unmögliche lohnt der Mühe.

In der Gralslegende sieht Lancelot, der beste Ritter der Welt, niemals den Gral selbst, weil er seine Liebe zu Guinevere nicht aufgeben kann. Als Lehrstück entnehmen wir daraus, dass die menschliche Leidenschaft kein Ersatz für die göttliche Liebe ist, und dass sie uns daran hindert, die Liebe voll und ganz zu erfahren. Seit dem heiligen Paulus ist das die Grundlage christlichen Denkens.

Es gibt auch noch eine andere Deutung. Lancelot scheitert, nicht weil er Guinevere nicht aufgeben kann, sondern weil er nicht unterscheiden kann zwischen dem Symbol der Liebe und dem, was es verkörpert. Jede menschliche Liebe ist eine dramatische Darstellung der ungezähmten, rücksichtslosen, unstillbaren, unerschöpflichen Liebe, die das Universum antreibt. Wenn der Tod überall und unausweichlich ist, so ist es die Liebe auch, wenn wir sie denn bloß erkennen könnten. Durch den anderen können wir anfangen, sie zu erkennen. Je zahmer meine Liebe, desto weiter ist sie von der Liebe entfernt. In der Wildheit, der Glut, im Verlangen, im Wagnis finde ich etwas vom

Wesen der Liebe. In meinem Begehren für dich brenne ich auf der richtigen Temperatur, um durch das Feuer der Liebe zu gehen.
Wenn du mich also fragst, warum ich dich nicht mit größerer Ruhe lieben kann, antworte ich, dich ruhig zu lieben hieße, dich gar nicht zu lieben.

ASSISTENT

Im Misthaus öffneten wir einmal im Jahr unsere Tür zum Hof und gingen hinaus, wir drei, hinaus in die Wildnis.
Die Wildnis war groß. Sie war überall und alles, abgesehen vom Misthaus.
Die Expedition war sorgfältig vorbereitet. Man trug die Sonntagskleider einschließlich Hut, und zwischen Punkt neun und Punkt sechs Uhr durften wir hinaus. Mein Vater ging täglich hinaus in die Wildnis, aber er war ein Mann und da ging es ums Geschäft.
Der Tag kam. Hand in Hand mit meiner Mutter und meinem Vater sah ich das große Tor aufgehen. In der Nacht zuvor hatte mein Vater es geölt und den Stacheldraht heruntergenommen. Angeschlossen an eine Autobatterie, konnte sich das Tor selbsttätig öffnen und schließen. Seine lautlose finstere Einladung wies hinaus in Richtung …
»Gelobtes Land«, sagte meine Mutter.
»Ich dachte, es sei die Wildnis.«
»Der einzige Weg zum Gelobten Land führt durch die Wildnis.«
»Warum gehen wir dann nicht öfter dorthin?«
»Verlockungen.«

•••

Und schon waren wir draußen.

Wir gingen vorbei an Woolworth's – »Eine Lasterhöhle«. Vorbei an Mark's and Spencer's – »Frevel«. Vorbei am Bestattungsinstitut und am Dönerimbiss – »Die haben denselben Ofen«. Vorbei am Keksstand und seinen mondgesichtigen Besitzern – »Inzest«. Vorbei am Hundesalon – »Bestialisch«. Vorbei an der Bank – »Wucher«. Vorbei am Bürgeramt – »Kommunisten«. Vorbei an der Kindertagesstätte – »Unverheiratete Mütter«. Vorbei am Friseur – »Eitelkeit«. Vorbei am Juwelier, wo meine Mutter einmal versucht hatte, ihren Goldzahn zu versetzen, und schließlich weiter bis zu einem Café namens Palatine, wo wir Bohnen auf Toast bekamen.

Ich machte mir noch immer Gedanken wegen des Gelobten Landes.

»Also führt der einzige Weg zum Gelobten Land durch die Wildnis, aber was findet man, wenn man das Gelobte Land erreicht hat?«

»Den vergrabenen Schatz.«

»Und was macht man damit, wenn man ihn gefunden hat?«

»Weiß ich nicht.«

»Warum weißt du das nicht?«

»Weil ich ihn nie gefunden habe.«

»Hast du das Gelobte Land gesehen?«

»Nein.«

»Aber woher weißt du dann, dass es eins gibt?«

»Es ist auf der Karte eingezeichnet.«

»Auf welcher Karte?«

Sie klopfte sich ans Herz.

Sie klopfte sich ans Herz und wandte den Blick ab. Sie war eine so entwaffnende Mischung aus Zynismus und Leichtgläubigkeit. Sie glaubte daran, was ihr Herz ihr sagte, aber folgen konnte sie ihm nie. Ihr Herz war wie ein Vogel, der davonflog und mit ein paar Geschichten im Schnabel wiederkam. Sie lauschte ihnen, aber sie konnte nicht mit. Selbst die nahe gelegenen Orte schienen zu weit weg. Sie hatte Schmerzen im Bein. Das Gelobte Land war am weitesten weg, aber sie wusste, dass es da war.
Ich sah, wie die Leute die Straße hinauf- und hinuntergingen, auf der anderen Seite des milchigen Fensters des Palatine. Ich fragte mich, ob ich erst vierzig Jahre in der Wildnis zubringen musste, bevor ich das Gelobte Land fand. Und würde ich nach vierzig Jahren noch wissen, weshalb ich mich auf die Suche gemacht hatte?

•••

In jener Nacht saßen wir vor dem Kaminfeuer, Mutter und Vater und ich. Wir saßen da wie Verschwörer, das Licht des Feuers auf unseren Gesichtern, Feuer in unseren Herzen. Wir saßen da wie Engel am Rand der Zeit, lodernd und innig. Wir befanden uns an der äußersten Radkante unserer Sehnsucht. Der Kreis, den wir bildeten, war ein Glücksbringer gegen unsere Leere und eine Linie, rings um die Hoffnung gezogen. Wir baumelten mit den Beinen im schwarzen Raum dessen, was vielleicht als Nächstes passieren könnte.
Wir sprachen von dem Schatz.

»Als ich jung war«, sagte meine Mutter, »gab es einen hohlen Baum, in den der Blitz eingeschlagen hatte, und jeder, der in den Stamm hineinkroch und es wagte, drei Minuten lang dort drin zu bleiben, nahm ein Stück von der Kraft des Blitzes mit sich. Diese Leute erkannte man an einem ganz bestimmten Leuchten. Wo auch immer sie danach hingingen, immer fanden sie einen Penny, der sich in ein Pfund verwandelte, oder einen Schlüssel, der eine Tür öffnete.«

»Hast du dich da auch mal reingestellt?«, fragte mein Vater.

»Das hab ich, und dieses Geld hab ich gefunden ...« Sie tauchte die Hand in den Eimer mit den ausländischen Münzen. »Und der Schlüssel, den ich fand, war der da.« Sie zeigte auf einen rostigen alten Schlüssel, der wie ein Vorwurf über dem Kaminsims hing.

»Der Schlüssel da passt in nichts«, sagte mein Vater.

»Er wartet auf die Tür«, sagte meine Mutter.

Ich sah ihn mir genau an. Ich hatte ihn mir noch nie richtig angesehen. Wie alle vertrauten Gegenstände war er unsichtbar geworden. Und was gab es anzusehen? Eine rostige Reide, einen rostigen Schaft und einen rostigen Bart. Es waren nur weitere fünfzehn Zentimeter Rost in einem Haus, das vor lauter Rost rostete.

AUSWÄHLEN

Jetzt weißt du also Bescheid.«
»Worüber?«
»Weshalb ich mich nicht mit weniger zufrieden geben kann.«
»Weniger ist mehr.«
»Nein, es ist nur weniger.«
»Erinnerst du dich – in Paris …« (Sie zögerte.)
»Ich erinnere mich an alles in Paris.«
»Wie du den Regen vom Marmortisch …«
»Mit meinem Ärmel abgewischt habe …«
»Und dann hast du mir den Regen …«
»Mit den Fingern aus der Stirn gewischt …«
»Ich wollte, dass es deine Lippen sind.«
»Ich auch.«
»Du warst schwer zu kriegen.«
»Nicht schwer genug. Ich hätte nein sagen sollen.«
»Hättest du lieber nein gesagt?«
»Nein.«

Wir schwiegen. Die Art Schweigen, wenn es nichts mehr zu sagen gibt.

•••

»Küss mich.«

Ja. Immer. Auch wenn ich dich nie wieder sehe. Nach der Rede, Küsse. Der Stummfilm meiner Gefühle für dich. Unsere Lippen sagen das eine und tun das andere. Wir streiten auf Englisch und lieben uns auf Französisch. Ich küsste dich und wir waren wieder in unserem Dachzimmer. Unsere private Welt. Unser Gelobtes Land.

So geschieht es in der Bibel:
Nachdem es vierzig Jahre lang durch die Wildnis gewandert ist, erreicht das auserwählte Volk das Gelobte Land. Die Weintrauben sind so schwer, dass man zwei Männer braucht, um einen einzigen Bund zu tragen. Die Rinder sind so groß wie Elefanten. Das Land, wo Milch und Honig fließt, ist hier, vor ihnen und gleich hinter der Hügelkette. Die Israeliten können ihr Glück kaum fassen.
Das ist es.
Und dann …
»Wenn die Trauben so groß sind, wird der Wein zu stark zum Trinken sein.«
»Diese Rinder! Überlegt doch mal, was die für Unmengen fressen!«
»Meine Hand wäre viel zu klein für das Euter.«
»Und der Honig! Überall Honig!«
»Die Bienen müssen gigantisch sein!«
»Ganze Schwärme gigantischer Bienen! Oi oi oi …«
»Berglöwen! Berglöwen lieben Honig.«
»Heuschrecken lieben Honig.«
»Hier leben schon Menschen.«
»Die sind bestimmt riesengroß.«
»So viel Milch und Honig. Davon ernähren die sich hier.«

»Wir kommen alle ums Leben.«
»Wisst ihr was, eigentlich ist die Wildnis doch gar nicht so übel.«
»Es ist windig, es ist kalt, es ist öde, es ist staubig …«
»Es gibt ziemlich viel Sand.«
»Aber so schlecht ist es hier nicht.«
»Vielleicht finden wir ja woanders noch ein Gelobtes Land?«
»Mit weniger Honig und kleineren Kühen.«
»Der Junge hat Recht. Die Wildnis gehört wenigstens uns.«

Ich sagte: »Du hast vor, dich umzudrehen und mich hier stehen zu lassen, stimmt's?«
»Ich muss«, sagte sie.

•••

Wir nahmen ein Taxi zur Paddington Station. Einen der Züge nach Oxford hatte sie gerade verpasst, also setzten wir uns ins Costa Coffee und bestellten Cappuccino und *tortina* und versuchten uns über die Housemusik und die Bahnhofsansagen hinweg zu unterhalten. Es gab nicht viel zu sagen.
»Wir hätten es in Paris dabei belassen sollen.«
»Dann wäre es nichts als eine Erinnerung gewesen.«
»Eine schöne Erinnerung«, sagte sie.
»Auf Capri wurde es zu einer Möglichkeit.«
»Ich weiß.«
»Eine Tür ging auf. Eine Tür in einer leeren Wand.«
»Die Liebe ist eine Tür in einer leeren Wand.«

»Liebst du mich?«

»Ja.«

Es gab eine Sache, die ich wissen musste.

»Auf Capri –«

»Ja …«

»Als ich dich gesucht habe –«

»Ja.«

»War ich mir sicher, dass du es wagen wolltest.«

»Wollte ich auch.«

»Aber was ist dann schief gelaufen?«

»Ich bin schief gelaufen.«

»Versteh ich nicht.«

»Ich konnte es einfach nicht. Ich kann nicht mein ganzes Leben entwirren.«

»Und trotzdem bist du nach London gekommen.«

»Ich musste dich wieder sehen.«

»Wo ist das Problem? Ist es Geld?«

»Nein.«

»Was dann?«

»Ich kann nicht aus meiner eigenen Vergangenheit ins Exil gehen.«

»Ich will deine Vergangenheit nicht.«

»Das ist es ja. Ich kann nicht noch mal beim Jahr null anfangen.«

Bahnhof. Ankunftsort. Abfahrtsort. Eine Transitstrecke. Wie leicht sie wirkte, mit nur einem Koffer, den sie in einer Hand tragen konnte. In diesem Koffer befand sich eine Ehe, Amerika, ein Leben, von dem ich nichts wusste. In diesem Koffer befanden sich Türen, die ich nie geöffnet

hatte und die in Zimmer führten, die ich nicht kennen würde. Der Koffer war voll gestopft mit Briefen und einem Adressbuch und der Visitenkarte eines Geschäfts in einer Einkaufspassage, und Dinnerpartys, auf denen ich nie gewesen war und auf die ich auch jetzt nicht gehen würde. In diesem Koffer befanden sich Einladungen von Freunden und ein Autoradio mit eingespeicherten Sendern, die ich nie gehört hatte. In diesem Koffer befanden sich Albträume und geheime Wünsche. Die schmutzige Wäsche lagerte in einem separaten Nylontäschchen. Da steckte ihre Kindheit drin – das linkische Kind mit den krausen Zöpfen, das sich zu einer wunderschönen Frau mit schwerem Haar entwickeln würde, die die Komplimente des Spiegels nie wirklich für bare Münze nahm. Ihr Mann befand sich da drin, oder vielleicht war er an die Seite geschnallt, wo man normalerweise die Rettungsboote aufbewahrt.
Ich betrachtete den Koffer, der plötzlich schwer war, zu schwer zum Tragen, und mir ging auf, dass sie ihn niemals mit sich schleppen konnte. Sie hatte Recht – entweder müsste er losgelassen oder aber mit nach Hause genommen und wieder ausgepackt werden.

»Lass uns einfach weggehen«, sagte ich.
»Hast du mir gerade nicht zugehört?«
»Doch. Ich meine wir beide. Zusammen. Du aus deinem Leben. Ich aus meinem.«
»Was sagst du denn da?«
»Ich lasse auch alles zurück.«
»Du spinnst.«

»Ich kann überall arbeiten. Ich kann mein Haus verkaufen.«
»Wo würdest du denn hingehen?«
»Italien? Irland? Wo willst du denn hingehen? Paris?«
»Das kannst du nicht machen.«
»Ich kann. Ich tu's. Wenn du's tust.«

Was sollte mich aufhalten? Was braucht ein Mensch in diesem Leben außer einem Dach, Essen, Arbeit und Liebe? Hier war der Mensch, den ich liebte. Ich bin imstande zu arbeiten. Wo das Dach ist und wo das Essen ist, spielt keine Rolle.

»Wenn du deine Vergangenheit aufgibst, gebe ich meine auf«, sagte ich.
(Sie betrachtete ihren Koffer.)
»Ich nehme Kleidung, Bücher und die Katze mit. Mehr nicht.«
(Ihr Koffer wurde größer.)
»Was Möbel betrifft, können wir von vorn anfangen. Wir können neue Freunde finden.«
(Der Koffer füllte schon das Café aus.)
»Wir mieten eine Wohnung mit Blick auf den Fluss.«
(Der Koffer drückte gegen die Wände.)
»Wenn wir die Fenster öffnen, werden wir wie Vögel sein.«
(Der Koffer drückte gegen meinen Brustkorb.)
»Unser Glück wird sein wie ein Vogel in der Luft.«

•••

Es gab eine Ansage. Der Zug um 16.15 Uhr nach Oxford

wartete am Bahnsteig 9. Du standest auf. Du nahmst dein Gepäck.

Wir gingen zu dem schmutzigen fauchenden Zug und fanden gegenüber von einem Walkmanhörer und einer Frau, die *Hello!* las, einen Sitzplatz für dich. Dies ist das gefühlsmäßige und kulturelle Leben der Nation. Kein Wunder, dass große Gesten flachfallen. Wie kann man Ja sagen, wenn alles um einen herum Nein sagt?
Hättest du Ja gesagt, hätte ich mich zu Tode erschreckt, und es wäre womöglich ein Fehler gewesen, aber ich hätte meinen Teil beigetragen. Wie kannst du zurückgehen? Wie kann ich es? Wahrscheinlich werde ich jetzt trotzdem mein Haus verkaufen. Mein Leben ergibt keinen Sinn. Noch mal von vorn anfangen, so sauber wie möglich, ist der einzige Weg, der mir bleibt, um ihm wieder einen Sinn zu geben. Der Zug, der Bahnhof, der Lärm sind bedeutungslos. Dein Fortgehen ist absurd. Ich ertrage es nicht. Ich setze mich hin und nehme deine Hand.
»Komm mit mir. Komm jetzt mit mir.«

Hier sind zwei Enden. Wähl du eins aus.

•••

Noch zwei Minuten. Ich halte deine Hand. Die Frau mit dem *Hello!*-Magazin ist eindeutig angewidert vom Anblick echter Gefühle und steht auf, um sich irgendwo anders hinzusetzen. Der Junge mit dem Walkman legt die Füße auf ihren Sitz.
Der Zug fährt gleich los, er fährt jetzt ab, und du willst

meinen Blick nicht erwidern. Ich kann nicht mit dir kommen. Du kommst nicht mit mir. Der Pfiff ertönt. Ich muss aufspringen und die schließenden Türen auseinander stemmen. Dann bin ich wieder draußen, gehe den Bahnsteig entlang, gehe schneller und schneller, bedeute dir, die Notbremse zu ziehen. Einfach dran ziehen. Der Zug wird anhalten. Du kannst aussteigen, dein Gepäck dalassen und mit mir kommen. Ich laufe jetzt. Es ist noch Zeit, noch Zeit. Dann gibt es einen Augenblick, in dem die Zeit so ruhig ist, dass sie stehen bleibt, und der Zug für immer davonfährt.

Noch zwei Minuten. Ich halte deine Hand. Die Frau mit dem *Hello!*-Magazin lächelt mich an. Sie hat Mitleid mit mir.
Du siehst mich an und es besteht noch eine Chance. Geliebte, setz alles aufs Spiel, es ist die einzige Möglichkeit.
Der Pfiff ertönt. Ich stehe auf, halte noch immer deine Hand, und plötzlich bist du aufgesprungen und wir sind beide durch die Tür geschlüpft, während sie sich hinter deiner Vergangenheit, hinter deinem Koffer schließt, und die Frau bedeutet dir, dass du dein Gepäck vergessen hast.
Der Zug wird jetzt schneller, nimmt die Zeit mit sich, und wir haben eine Sekunde gefunden, in der es keine Zeit gibt. Die Sekunde, die zwischen deinem Leben und meinem schlägt.
Dann tickt die Uhr wieder, aber wir sind zusammen. Der Zug fährt ohne uns davon.

Fremd

Nacht.

Ich sitze vor meinem Bildschirm und lese diese Geschichte.
Dann wiederum liest die Geschichte mich.
Habe ich diese Geschichte geschrieben, oder warst du es, die du durch mich schriebst, so wie die Sonne durch ein Stück Glas ein Feuer entfacht?
Ich sehe dunkel durch das Glas hindurch. Ich kann nicht sagen, ob sich die Bewegungen auf der anderen Seite befinden oder hinter mir, neben mir, widergespiegelt im Zimmer.
Ich kann meine Position nicht genau bestimmen. Die Koordinaten verschieben sich. Ich kann nicht sagen: »Wo«, ich kann nur sagen: »Hier«, und ich hoffe, es dir zu beschreiben, Atom und Traum.

Warum habe ich so angefangen, mit Ali und der Tulpe?
Ich wollte die Zeit einschlitzen. Um die Zeit voll auszunutzen, nutze ich sie senkrecht. Ein Leben reicht nicht aus.
Ich benutze die Vergangenheit als Trojanisches Pferd, um mich meiner Beute zu nähern.

Meine Beute bist du und ich, gefangen in der Zeit, wir laufen so schnell wir können.

•••

Um vor Entdeckung geschützt zu sein, bleibe ich auf der Flucht. Um Dinge für mich selbst zu entdecken, bleibe ich auf der Flucht.

Hier ist mein Leben, an einem Ende mit einem Stahlhaken am Bauch meiner Mutter befestigt, dann übers Nichts hinausgeworfen wie ein indianischer Lassotrick. Unablässig schneide ich und binde das Seil neu. Ich ziehe mich hoch, lasse mich hinunterrutschen. Die Spannung wird erhalten durch die Spannung selbst – der Zug zwischen dem, was ich bin, und dem, was ich werden kann. Das Tauziehen zwischen der Welt, die ich erbe, und der Welt, die ich erfinde.
Unablässig ziehe ich an dem Seil. Unablässig ziehe ich am Leben, so fest ich kann. Wenn das Seil anfängt, an der einen oder anderen Stelle auszufransen, spielt das keine Rolle. Ich bin so fest zusammengefaltet wie ein Farn oder ein Ammonit, so dass, wenn ich mich entrolle, das Wirkliche und das Ausgedachte sich genauso voneinander lösen, wie sie zusammengespleißt sind – die Fasern des Lebens, geknotet zu Zeit.

Sanft schaukelt das Seil hin und her, durch den Spiegel hindurch, durch den Bildschirm hindurch. Was ist mein Leben? Nichts als ein Seil, das durch den Raum gespannt ist.

BEENDEN

Armer Ali. Was ist aus ihm geworden? Er hat es nie geschafft, seine Knollen im Botanischen Garten von Leiden abzuliefern. Er kaufte sich ein Grundstück am Fluss und legte einen Garten der Lüste für die holländischen Damen an.

Der Tulpenwahn ist gut dokumentiert. In jedem VWL-Lehrbuch, in jeder Geschichte der Gartenbaukunst kann man es nachlesen. Und auch, wie erfolgreich die Tulpe später in England war, »wo viele am Entzücken dieser noblen Blume teilhaben«.

Alis Geschichte ist nicht gut dokumentiert, die Verwendung, die die Damen Hollands für diese amouröse Blume gefunden haben, ist ein streng gehütetes Geheimnis geblieben.

Eine holländische Dame, Frau van der Pluijm, lehrte die Tochter des Grafen von Hackney, wie Zwiebeln und Stängel am besten anzuordnen seien, und die Praktik machte bald Schule. Die wenigsten Männer waren sich der wahren Leidenschaft ihrer Frauen und Töcher für diesen östlichen Exotismus bewusst, und da Männer geneigt sind, Frauen glücklich machen zu wollen, und da sie Glücksspiele lieben, lag es nahe, ein Gelüste zu einer Mode hochzustilisieren.

Als Ali ihre Zwiebeln abnahm und sie in die gute Erde

setzte, folgte sie dem Gebot der Schrift, hinzugehen, fruchtbar zu sein und sich zu mehren. Und wie sie sich mehrte – Zwiebeln, Eier, Geld und Gesellschaft –, denn jede modische Dame sehnte sich danach, im sanft nickenden Garten lustzuwandeln und unter einem Baum zu liegen, wo sie selbst jene vortrefflichen Merkmale der Vielfalt erfahren konnte, die Menschen und Tulpen zu eigen sind. Es gibt Hinweise in Form eines Bildes, dass zumindest ein Mann wusste, was Sache war.
Rembrandts Gemälde seiner Frau Saskia aus dem Jahr 1633, das sie als Flora, Göttin der Fülle und Fruchtbarkeit darstellt, zeigt, wie sich Saskia/Flora einen Brautstrauß auf viel sagende Weise vor den Intimbereich hält. Inmitten des Straußes sehen wir, erhobenen Hauptes, eine sich öffnende Tulpe.

Rembrandt. Während seines Lebens malte er sich mindestens fünfzig Mal selbst, warf sich in zahlreichen Zeichnungen aufs Papier und hinterließ zwanzig Stiche. Kein Künstler hatte so etwas jemals getan. Kein Künstler hatte sich derart deutlich sowohl zum Thema als auch zum Gegenstand seiner Arbeit gemacht.
Das Bild ändert sich unablässig. Er verkleidet sich, trägt eine Rüstung, stülpt sich einen Hut auf oder wirft sich einen Umhang über. Das Gesicht altert, wird faltig, glättet sich wieder. Dies sind keine Fotografien, dies ist Theater.
Warum hat sich Rembrandt als seine eigene Requisite benutzt?
Na ja, weil er eben da war, aber, genauso wichtig, weil er nicht da war. Er verschob seine eigenen Grenzen. Er

rückte Stück für Stück in andere Ichs. Diese Selbstporträts sind ein Dokument nicht eines Lebens, sondern vieler Leben – vieler übereinander geschichteter Leben, die hin und wieder durch den Maler hindurchtreten und zu Farbe werden.
Der Fixpunkt ist der Künstler selbst, über den wir genug wissen, um eine Biografie schreiben zu können. Doch der Fixpunkt ist nichts als das Basislager – die Reisen von dort aus sind das eigentlich Interessante. Rembrandts Bilder sind die Reisen hinaus, und die übersinnliche Entfernung, die zurückgelegt wird, ist als Licht messbar.

Das Licht formte eine Palette aus Dunkelheit und Schatten auf Alis schlafendem Gesicht. War er wieder in der Türkei und umhegte die Auberginen und Tomaten seiner Mutter? Möglich, dass er dort war, voller Unruhe als Junge verkleidet, dass er dabei war, seine Geschichten zu erzählen, die so kurze Beine haben wie seine eigenen.
Die Geschichten, die er erzählte, machten ihn viel zu alt, um noch am Leben zu sein. Manche machten ihn noch ungeboren. Er schlüpfte so leicht zwischen die Lücken der Geschichte, wie eine Münze zwischen die Dielen rollt. Egal, was man ihn fragt, jedes Mal holt er sich selbst hervor, staubig, aber triumphierend – ein bisschen Glück, der heimliche Beobachter, zur richtigen Zeit am richtigen Ort.

Ali erzählt Geschichten, um seinen Lebensunterhalt zu verdienen. Irgendeiner muss es ja tun. Geschichten sind sein Butterbrot und er trägt immer eins in der Tasche, um es selbst zu essen oder anderen anzubieten. Er teilt alles, was er hat, dann geht er nach Hause, um sich noch ein paar zu schmieren.

Es ist nichts bewiesen, aber es könnte sein, dass nicht Ali die Geschichten erzählt, sondern dass die Geschichten ihn erzählen. Während er sich in eine Geschichte knotet, die nie geschehen ist, und in eine Zukunft, die niemals so hätte geschehen können, ist er wie ein Türke im Schneidersitz, der einen edlen Teppich knüpft, nur um plötzlich festzustellen, dass er selbst zu einem Teil des Musters geworden ist.

Während sich Ali in die Zeit knotet, hat er sich gefragt, ob der heilige Augustinus vielleicht Recht hat. Ein Katholik, der Ali das Lesen gelehrt hat, lehrte ihn, dass der heilige Augustinus einmal gesagt habe, das Universum sei nicht *in* der Zeit, sondern *mit* der Zeit geschaffen worden.

Dasselbe gilt für die Geschichten. Sie haben kein Datum. Wir können sagen, wann sie geschrieben oder erzählt worden sind, aber sie haben kein Datum. Geschichten und Zeit sind simultan.

•••

Ali der Geschichtenerzähler ist sich nicht mehr sicher, wann etwas geschieht. Das Geschehen und das Erzählen scheint sich immer wieder zu überschlagen, wie die Akrobaten, die früher durch sein Dorf kamen und ihre roten und blauen Beine wie Radspeichen drehten, sie drehten und drehten sich, schneller und schneller.

Ali ist kein Dummkopf. Er weiß, welcher Tag es ist und dass er eines Tages sterben wird. Er weiß, wie viel Geld er hat und wie man denjenigen Leuten, die es ihm abnehmen wollen, aus dem Wege geht. Er weiß, wo er wohnt, und kennt den Namen seines Hündchens.

Was er nicht weiß, was er wirklich nicht weiß ist, wo er beginnt und wo die Geschichten enden. Wie kann er das wissen? Diejenigen, die glauben, sie wüssten es, bestimmen die Wirklichkeit nach dem Offensichtlichen und raten Ali, dasselbe zu tun. Er würde dem Ratschlag auch gern folgen, aber während das, was für sie offensichtlich ist, auch für ihn offensichtlich ist, ist das, was für ihn offensichtlich ist, nicht für sie offensichtlich.

Ali erzählt Geschichten. Er macht sich zu einem Teil seiner Geschichten. Einmal dort, kommt er nicht so leicht wieder heraus, und die Geschichten, die er erzählt hat, kochen mit seinem Abendessen hoch und wickeln sich um seine Bettdecke. Das, was er ist, was er erfindet, wird ein Teil derselben Geschichte, wird eine fortlaufende Geschichte, wo selbst Geburt und Tod nur Wegmarken, Pausen, Tempuswechsel sind. Geburt und Tod werden zu neuen Sprachen, das ist alles.

Die offensichtlichen Leute schütteln den Kopf und sagen, wenn Ali erst mal im Grab liegt, wird es das Ende seiner Geschichten, wird es sein Ende sein.

Wird es das? Oder wird es eine Verschiebung geben, hin zu anderen Mündern und anderen Geschichten, während Ali weiterrollt, mit seiner Geschichte im Mund.

WIRKLICH BEENDEN?

Die Landkarte. Der Schatz.

Im Jahr 1460 kehrte Giovanni da Castro, Patenkind Papst Pius II., aus der Levante nach Italien zurück.

In seinen Memoiren schilderte Pius selbst, was geschehen war.

Während Giovanni durch die bewaldeten Berge wanderte, stieß er auf ein sonderbares Kraut. Verblüfft stellte er fest, dass in den Bergen Asiens ähnliche Kräuter wuchsen wie jene, die die türkische Schatzkammer mit Alaun bereichern. Er entdeckte zudem weiße Steine, die Mineralien zu enthalten schienen. Er leckte daran und schmeckte Salz. Er schmolz sie, experimentierte und brachte Alaun hervor.

Dann ging er zum Papst und sagte: »Heute bringe ich Euch den Sieg über den Türken. Jedes Jahr knöpfen sie den Christen über 300 000 Dukaten für das Alaun ab, mit dem wir Wolle vielerlei Farben verleihen. Denn Alaun findet man nicht in Italien, abgesehen von einer geringen Menge auf der Insel Ischia, in der Gegend von Puteoli, und dieser Vorrat wurde durch die Römer in alten Zeiten dezimiert und ist beinahe erschöpft.

Doch ich habe sieben Berge entdeckt, die dieses Material in solcher Fülle aufweisen, dass sie sieben Welten versorgen könnten …«

Giovanni fährt selbst mit der Geschichte fort:

Den ganzen Tag hatte ich nach einem Perlohrgehänge gesucht, die meine Mätresse in meiner Schlafkammer verloren hatte. Am Abend, unruhig und verzagt, konnte ich an gar nichts denken. Ich ging hinaus, um über dieses unser Leben nachzudenken, das, von der Geburt an bis zum Tode, ein steter Verlust zu sein scheint, verkleidet mit jähen Gewinnen und jähen Freuden, die uns von unserem Glück überzeugen, während der Kelch sich doch unablässig leert.

»Esst Steine statt Brot«, sagte ich mir, nahm einen Stein vom Boden und begann daran zu nagen. Er schmeckte salzig. Das war der Zeitpunkt, an dem ich meine Erkundungen des Berges begann.

Stellt euch meine Verblüffung vor, als ich nicht einen Berg, sondern sieben fand, ein jeder mit einer Fülle von dem, was wir am dringendsten brauchten und was uns am meisten fehlte. Seit meiner Kindheit wandere ich durch diese Berge. Seit meiner Kindheit bin ich kreuz und quer über die Reichtümer und die Aussicht gelaufen, die ich mir erträumt hatte.

Alles, was ich gesucht hatte, war von Anfang an unter meinen Füßen gewesen.

Die Welt ist ein Spiegel der Fülle unserer Gedanken.

NEUSTART

Die Landkarte. Der Schatz.

Es gibt keinen Netscape Navigator, der mir hilft, mich im Leben zu orientieren. Ich muss es selbst tun, und meine Helfer sind unerwartet und sonderbar. Natürlich kann ich eine vorgegebene Route einschlagen und mich vom Autopiloten leiten lassen. Es gibt jede Menge organisierte Reisen und Ausflüge. Kein antikes Denkmal und kein Weltkulturerbe muss mir entgehen. Ich kann sogar vom Weg abkommen, vorausgesetzt, ich folge den Markierungen. Wenn ich auf Safari gehen will, kann ich das aus einem sicheren Jeep tun, nur darf ich auf keinen Fall, auf gar keinen Fall aussteigen und die Löwen begaffen.

Warum nicht?

Sie werden mich fressen.

Neulich hat ein Löwe tatsächlich einen Touristen aufgefressen. Der Löwe wurde dann gefangen und erschossen, und als die Jäger ihn aufschnitten, fanden sie ein ganzes Bein mitsamt Fuß und Turnschuh in seinem Magen. Auch ein Büchlein, das den Touristen vor den Gefahren durch Löwen warnt.

Löwen sind gefährlich. Das stimmt.

Löwen leben in der Wildnis. Das stimmt.

Wie soll ich sonst das Gelobte Land finden, wenn nicht durch Löwen?

Es gibt keine Garantie, dass ich das Gesuchte finde. Sollte mich das abschrecken? Heutzutage wollen wir alle eine Garantie – für höhere Luftfeuchtigkeit, Geldeinlagen, Waschmaschinen, gefügige Computer, Stammbücher, Ehen und Taschenlampenbatterien. Ist das so, weil das Leben keinerlei Garantie mit sich bringt?
Es gibt keine Garantie. Ich muss es einfach riskieren.

Es gab einmal einen Tag, vor vielen vielen Jahren, an dem ich versuchte, aus dem Misthaus auszubrechen. Ich nahm eine Leiter und lehnte sie gegen die hohe Mauer, die uns im Innern festhielt und dafür sorgte, dass die Welt draußen blieb. Ich war drei Sprossen vom Ende der Leiter entfernt, als ich merkte, dass sie von unten her wackelte. Ich brauchte nicht nach unten sehen, um zu wissen, dass meine Mutter gerade versuchte, mich wie einen Apfel aus einem Baum zu schütteln.
»Komm runter da!«
Ich kam runter, und als ich auf den Boden aufschlug, schlug mir meine Mutter zwei Mal ins Gesicht.
»Was war denn das da gerade für ein Spielchen?«
»Ich wollte die Wildnis sehen.«
»Da ist nichts. Das weißt du.«
»Wenn nichts da ist, kann es mir doch nicht schaden.«
»Nichts ist das Gefährlichste überhaupt.«
»Warum?«
»Wenn da nichts ist, kann man etwas erfinden. Man wird die Leere nicht ertragen können. Es wird noch immer leer sein, aber man wird sich das Gegenteil einreden.«
»Was ich mir selbst erzähle, ist wahr.«

»Was du dir selbst erzählst, ist eine Geschichte.«
»Dies ist eine Geschichte – du, ich, das Misthaus, der Schatz.«
»Dies ist das wahre Leben.«
»Woher weißt du das?«
»Niemand würde etwas dafür geben, einem dabei zuzusehen.«

Sie wandte sich um, um in das heruntergekommene Haus zu gehen. Dann wandte sie sich wieder zu mir.
»Und ich würde alles dafür geben, es nicht zu leben.«
»Lebe es nicht. Ändere es.«
»Du verstehst es nicht, stimmt's?«
»Was verstehen?«
»Dies ist das wahre Leben.«

Und ich dachte an uns beide, viele viele Jahre später, du und ich, in Paris, und wie du zu sagen schienst, wir hätten jede Möglichkeit, jede Möglichkeit. Du tatst, als wärst du frei, dabei warst du ein Lösegeldschein. Ich zahlte, um zuzusehen. Ich betrachtete deine Finger, deinen roten Mund. Ich sah nicht, wie du davongingst.
Später zahlte ich noch immer und zählte nie die Kosten. Du warst es wert. Wieder und wieder warst du es wert. Mein Herz verfügt über grenzenloses Kapital. Hebe es ab. Hebe es runter. Hebe meinen Körper auf deinen. Wie viel? Alles? In Ordnung.
Der funkelnde Fluss und der weiche Abend waren ein Versprechen. Die Welt hatte gerade begonnen. Sie war nur einen Tag alt. Es war der Tag, an dem wir uns begegneten.

Das Versprechen lautet, dass die Welt ständig wieder von neuem beginnt. Keine Anhäufung der Vergangenheit kann sie aufhalten. Ein neuer Tag. Eine neue Chance.
Glaubt niemand daran? Du hast es nicht geglaubt. Nichts, was ich dir anbot, konnte dich befreien, weil du dich nicht selbst befreien konntest. Du sträubtest dich, wolltest aber dennoch auf dem Pfad bleiben.

Ich dachte an uns, an den Nachmittag in Paris, nachdem wir dem Regen entkommen waren. Die Sonne kam hervor und die Bürgersteige glitzerten. Es war, als ob die Straßen zu einem Spiegel versilbert worden wären, und wir konnten die Gebäude und Statuen sehen und wie unsere eigenen Gesichter von der gläsernen Pyramide des Louvre und dem glatten flachen Spiegel des Regens vervielfacht wurden.
Es war nach der Sintflut. Die Vergangenheit war ertränkt, aber wir waren gerettet worden. In den vielfachen Möglichkeiten des Spiegels hätten wir jede beliebige Richtung einschlagen können.
Regentropfen fielen von unseren Mantelsäumen und vom herabfallenden Gewicht deiner Haare. Jeder einzelne war eine komplette Welt, eine Glaskugel der Möglichkeiten, die unsere Zukunft in sich barg. Lass sie fallen. Es waren so viele, so viele Möglichkeiten, so viele Zukünfte. Als ich dir den Regen von der Stirn wischte, brachen Äonen zurück in die Gewässer, aus denen sie gekommen waren. Wir waren Universen, die vor Welten tropften. Wir mussten uns nur entscheiden.
»So muss sich Noah vorgekommen sein.«

»Durchnässt?«
»Frei.«

Stell es dir vor.
Die Flutwasser flauen ab und die Arche bleibt auf dem Berg Ararat liegen. Die Taube kehrt zurück mit einem Ölzweig im Schnabel.
Stell es dir vor. Viele viele Jahre später, die Erde ist längst trocken und fruchtbar und das Schiff liegt immer noch dort oben, gestrandet auf seiner Bergspitze wie ein Gedächtnispunkt.
Ich schaue darauf zurück, verblüfft. Kaum zu glauben, dass es dort ist – das absurde, unmögliche Zeugnis eines Ereignisses, das niemals stattfindet.
Aber es ist passiert. Es ist uns passiert.

Weder können viele Wasser die Liebe löschen, noch können Fluten sie ertränken.

Durch die Straßen hindurch, du und ich, Hand in Hand wie ein Zwillingspaar, aus den Konstellationen herausgewirbelt.
Die ganze Erde lag uns zu Füßen. Der Tag war frei von Vergangenheit und Zukunft. Es gab keine Entscheidungen, keine Mahnungen, nur den Tag und uns darin.
Zwei Buddhisten in safrangelben Roben sangen und tanzten vor einem tragbaren Schrein.
»Sei jetzt hier«, sagtest du.
»Was?«
»Der Buddhistische Weg.«

•••

Ich lachte. Ich wusste, dass du Recht hattest. Du hast den Tag damit zugebracht, mich zu überzeugen, dass du Recht hattest, und als ich mit dir schlief, geschah es in dieser Jetztheit, dieser Richtigkeit.

Durch die Straßen, du und ich, unsere Fußstapfen schienen im Wasser zu brennen. Um uns herum stieg Dampf auf, während wir gingen, als ob unsere Füße beschuht worden wären.
Beschuht oder gebrandmarkt? Du markiertest mich an jenem Tag, und nichts kann die Wunde kühlen.

SPEICHERN

Nacht.

Ich bin zu Hause in Spitalfields. Ich wohne über dem Laden. Auf dem Schild über dem Laden steht nur VERDE, und niemand kann hineinsehen. Vor den unteren Scheiben der großen Fenster in ihren alten Holzrahmen sind die Jalousien heruntergelassen. Die Uhr tickt, aber rechtzeitig. An der Decke sind Schatten – ein Bärenkopf, ein Messer.

Gleich werde ich runter in den Laden gehen und anfangen, eine Geschichte abzustecken, die jemand für morgen haben will. Ich hoffe, sie passt.

Inzwischen lockern die Jungs aus der Stadt, mit ihren Feierabend-Gesichtern, ihre Krawatten, vergessen die Schlusspreise der Internetaktien und wollen einen trinken gehen. Im Delikatessenladen nebenan wird noch immer Parmaschinken in Scheiben geschnitten. Ich höre das Sirren der Klinge, während ich nach unten gehe.

Ein schneller Blick nach draußen, und da steht die Hawksmoor-Kirche, und die ABN-Bank, und der kleine Mann mit seinem Kaffee-Lieferwagen, der zusammenpackt, um nach Hause zu fahren. In den riesigen Zwischenräumen des verlassenen Markts spielen die Händler, die jetzt dienstfrei haben, Softball.

Ich schließe die Tür gerade noch rechtzeitig, um der Jack-

the-Ripper-Tour aus dem Weg zu gehen. Mein Haus liegt auf der Route, und Studenten und Rentner und ernsthafte Amerikaner in Turnschuhen stehen, dicht zusammengedrängt, draußen vor der Ladenfront, starren auf die alten Anschläge an den Fensterläden, betrachten fasziniert die Haustür, glauben halb, dass gleich der Ripper persönlich aus dem Haus kommt, verkleidet als Hebamme oder Krankenschwester oder als Austernverkäuferin, oder welche Verkleidung er sich auch immer aus den vielen Verkleidungen im Innern aussuchte, damals.
Auf der anderen Straßenseite wärmt sich gerade die Dracula-Tour auf. Warum, weiß ich nicht. Spitalfields ist weit weg von Transylvanien oder Whitby, und selbst in römischen Zeiten gab es hier keine Küste.
Aber dies ist ein altes Haus.

Die erste Nacht hier verbrachte ich im Keller. Irgendwo in den ungewissen Stunden der Nacht hörte ich, wie jemand die Treppe herunterpolterte. Ich setzte mich aufrecht hin und rief – »Wer ist da?«.
Keine Antwort. Ich legte mich hin, überzeugt, dass ich nicht allein war, und dann nahm mich jemand sanft an der Hand, gleich oberhalb des Handgelenks, am Puls. Einen Augenblick später, wie um zu prüfen, wer von uns beiden am Leben war, ließ die Hand meine Hand los, und was immer es war stand neben meinem Bett und atmete.

•••

Dies ist ein altes Haus.

Wenn du hierher kämst, die Zeit vergessen und am Ende des Nachmittags an der Tür läuten würdest, würdest du feststellen, dass der Laden so ist, wie er immer schon war – verschwiegen würde er dir etwas anbieten, was mit Geld nicht zu bezahlen ist –, Freiheit nur für eine Nacht.
Du würdest allein im Laden stehen, würdest die Rüstungen betrachten, die Feldstiefel, die Nonnenschleier und die Perücken, aufgespießt wie abgetrennte Köpfe. Dann wäre ich da, würde dich anlächeln, warten. Warten, bis der Augenblick beginnt.
Du sagst, du möchtest verwandelt werden.

Unten schaltete ich den Bildschirm an und sah, wie sich die vertraute leere Fläche vor mir öffnete, um gefüllt zu werden. Leerstellen sind mein Metier.
Hier ist die Geschichte …

Der Regen war dick wie Glas. Viele Tage lang hatte ich gegessen, getrunken, geschlafen, Spaziergänge gemacht, alles wie hinter Glas. Ich kam mir vor wie die Reliquie einer Heiligen. Ich kam mir vor wie ein östliches Kuriosum. Ich starrte aus den fliehenden Wänden meines Gefängnisses, bewegungsunfähig, fluchtunfähig.
Im Wald verwandelte sich gerade alles Feste in sein wässriges Gegenstück. Alles, was ich packen wollte – Wurzel, Ast, Fels –, entschlüpfte dem Griff. Meine Finger schlossen sich um nichts. Der blättertiefe Wald war ein bewegliches Floß aus braunem Wasser. Die Bäume waren Wassersäulen. Im flüssigen Wald war ich das einzig Feste, und

schon fingen meine Konturen an, sich mit den anderen Konturen, die nicht ich waren, zu vermischen. Wieder und wieder sagte ich meinen Namen – »ORLANDO! ORLANDO!«.

Ich hoffte, dass mich mein Name zusammenhalten würde, doch das Geräusch selbst schien mir von der Zunge zu gleiten und Buchstabe für Buchstabe in die Pfütze zu meinen Füßen zu tröpfeln. Ich unternahm noch einen Versuch, doch als ich meine Hand in die Pfütze tauchte, war mein Name verschwunden.

»Was mache ich hier?«

Die Frau, die ich liebe, ritt in diese Richtung, von Reitern davongetragen. Wenn ich sie nicht finde, werde ich mich niemals selbst finden. Wenn ich sie nicht finde, werde ich in diesem Wald sterben, Wasser in Wasser.

•••

Was ist das da vorne, zwischen den Bäumen?

Ich kam an ein Schloss. Es gab keine Hunde, keine Wachen, und ich hatte freien Zugang. Ich fuhr mir mit dem Handrücken über die Augen, schüttelte den Regen ab, der jetzt leichter und erträglich geworden war. Als ich zögernd vor dem großen eisernen Tor stand, hörte ich, wie sie meinen Namen rief – »ORLANDO! ORLANDO!«. Ich zögerte nicht länger und eilte ins Schloss, das Schwert gezückt, bereit zu sterben, bereit zu leben, spürte mich wieder, kannte meinen Namen.

Das Schloss war verlassen. Ich sprang die Treppen hinauf, trat Türen auf, rief etwas, schwenkte herum, hielt inne, horchte. Diejenigen, die sie gefangen nahmen, müssen sie hier zurückgelassen haben. Es bestand keine Gefahr. Ich musste sie bloß finden.

Zimmer für Zimmer. Stall, Schlosshof, Loggia, Kerker, Turm, Küche, Waschküche, Waffenkammer, Bibliothek, Speisekammern, Weinpressen, Kellergewölbe, Kapelle, Gewehrkammer, Sattelkammer, Fischteiche, Scheunen, Winterschränke, Sommerhaus, Gesindehäuser, Zelle.
Ich war mir nicht mehr sicher, wo die Zimmer endeten und ich begann. Es kam mir vor, als plünderte ich mich selbst. Jede Tür, die ich öffnete, war eine Konfrontation mit der Leere. Manche Zimmer waren möbliert. Manche nicht. Alle waren leer.
Oder?

Nach langer Zeit fielen mir andere Gestalten auf, gezückte Schwerter, so erpicht darauf wie ich, das Schloss auf den Kopf zu stellen.
Da war ein Mann, der unter die Wandbehänge guckte – jeden Tag, jeden Wandbehang –, manchmal, indem er sich heranschlich, eine Ecke zwischen Finger und Daumen nahm, manchmal mit einem Ruck oder einem Schrei oder einem Stochern. Alle drei Tage kam ich an ihm vorbei, mittags, auf dem dritten Treppenabsatz. Er sah kein einziges Mal in meine Richtung.
Bald ging mir auf, dass jeder von uns seine eigene Methode hatte, entwickelt während unserer Ess- und Schlaf-

attacken. Jeder von uns, einsam, erpicht, hatte das Schloss in ein privates Labyrinth verwandelt. Wir kannten es besser als den Körper eines Liebhabers. Wir kannten es besser als uns selbst. Es war wir selbst. Für jeden von uns hatte das Schloss eine geheime Bedeutung, die den anderen verborgen blieb.

Und du wirst es nicht glauben: jedes Mal, wenn sich einer von uns zum Gehen wandte, erschöpft und verzweifelt, denn die Türen standen immer offen und niemand war hier gefangen, hatte dieser Mann einen Augenblick lang eine Vision dessen, was er suchte – seine Dame, seinen Falken, sein Pferd, die Räuberbande, die sein Haus niedergebrannt hatte. Er hörte eine Stimme, die ihn anflehte, die ihn inständig bat, die seiner spottete, so dass er in derselben Sekunde, in der er sein Labyrinth verlassen hätte, zurückgekehrt wäre, aufgeregt, überzeugt, um den Fischteich abzusuchen, die Loggia, die Waschküche, den Schrank, den …

Ich sage es dir; das Schloss war leer. Das heißt, es enthielt nichts von dem, was darin gesucht wurde, es wimmelte aber von Suchenden.

Eines Tages kam eine andere Art Mann im Schloss an. Wie wir alle war er von der Vision seiner Sehnsucht dorthin gelockt worden. Er jagte einen Bauernjungen, der ihm das Pferd gestohlen hatte. Als Astolfo schwer atmend auf das Schloss zukam, war ihm sofort klar, dass es verzaubert war. Überall, wo er hinsah, sah er einen Mann, der niemanden der anderen wahrnahm, sah, wie sie alle sinnlos, wie die Verrückten, durch die Flure rannten.

Astolfo sah unter der Marmortreppe an der Eingangstür nach, und das gesamte Schloss verschwand. Verschwand restlos.

Vielleicht denkst du, das hätte ihn zu einem Helden gemacht, doch so einfach lässt sich ein Bann nicht brechen. Während wir voller Verblüffung auf die leeren Wiesen um uns herum blickten, entdeckten wir in Astolfo auf einmal das, was jeder von uns so lange vergeblich gesucht hatte. Manche von uns versuchten, mit ihm zu schlafen, andere versuchten, ihn umzubringen. Der arme Mann, unsere Aufmerksamkeiten brachten ihn halb um, ehe er es schaffte, eine Trillerpfeife hervorzuziehen und einen gellenden Pfiff auszustoßen.

Das war das Ende. Der Ton durchstach die letzte unserer Täuschungen und wir sahen die Wirklichkeit. Wir sagten nicht viel. Wir würdigten einander kaum eines Blickes, während wir in verschiedene Richtungen davongingen, manche nach Osten, manche nach Westen, manche in die Berge, manche zurück in ihre Heimatstadt.

Ich war der Letzte, der ging.

Ich streckte die Hand aus und spürte die verschwundenen Mauern. Das Schloss war weg, oder vielmehr, es war nicht länger außerhalb meiner selbst. Die Treppen, Flure, Hallen, Zimmer, die Tischkerzen, selbst das Senfglas, das ich aus dem Fenster des Refektoriums geworfen hatte, alles hatte sich wieder in die Verstecke meiner Gedanken hineingefaltet.

Ich war allein. Atom und Traum.

•••

Der Bildschirm war dunkel geworden. Das Zimmer lag in tiefen Schatten, draußen waren Geräusche zu hören, aber ich erkannte sie nicht. Die Welt hatte sich zusammengefaltet und ich dachte, wir seien wieder zurück auf dem Fluss, beobachteten die Lichterketten der freitagabendlichen Autos. Ich sah das aufgewühlte Braun des Wassers und den grauen schweren Stein, der unterm Quai ins Wasser tauchte. Es ist immer tiefer, als man denkt. Niemand erreicht den Grund, und manchmal, bei Flut, findet man ein Steinschlossgewehr, oder ein Schwert, oder einen Ohrring, oder ein römisches Mosaiksteinchen, oder eine Geschichte.
Ja, immer eine Geschichte, herausgesiebt aus dem Fluss.

Vor ein paar Jahren ging ich während des tiefsten Wasserstands des Jahrhunderts hinunter zur Themse. Es war der 19. Januar 1998. Der breite Fluss war zu einem schmalen Metallstreifen geschrumpft. Ich ging dort hinunter, wo das Wasser hätte sein sollen, und es kam mir vor, als ob mich der unsichtbare Fluss eingeschlossen hätte. Ich hatte das Gefühl, als befände ich mich inmitten des Flusses.
Bei jedem Schritt knirschte es laut unter meinen Füßen. Beunruhigt tauchte ich meine Finger in den Schlick und förderte eine Hand voll runder Kugeln zu Tage, die glitschig aussahen, wie ein Augapfel. Es waren Flaschenstopfen, jene Murmeln, die man im neunzehnten Jahrhundert als Flaschenstopfen benutzte. Ich steckte sie in die Tasche, kleine Kapseln der Vergangenheit, und ging weiter.
Vielleicht ist es in Wirklichkeit so – das Leben fließt sanft hinweg über Erinnerung und Geschichte, und die Ver-

gangenheit kehrt wieder oder auch nicht, je nachdem, wie es die Gezeiten zulassen. Geschichte ist eine Ansammlung gefundener Gegenstände, die durch die Zeit ans Ufer gespült werden. Güter, Ideen, Persönlichkeiten tauchen vor uns auf, versinken dann wieder. Manchmal angeln wir uns etwas heraus, das andere ignorieren wir, und während sich das Muster ändert, verändert sich auch der Sinn. Auf die Fakten können wir uns nicht verlassen. Die Zeit, die alles wiederbringt, verändert auch alles.

Eine außergewöhnliche Ebbe wie diese enthüllt mehr, als wir erwarten. Erklärungen versickern. Das Leben ist wirklich das, was es ist – ein Durcheinander, eine Möglichkeit, das auf den Kopf gestellte Zimmer eines Wahnsinnigen. Da draußen sehe ich einen Kühlschrank mit offener Tür, eine Spule Stacheldraht und einen Einkaufswagen, den jemand von der Brücke gestoßen hat. Ich sehe die schweren Anker mit ihrer rostigen Patina, geschmückt mit Krebsen. Da liegen die verfaulten Pfähle der Londoner Altstadt – die Pflöcke, an denen früher die Schiffe vertäut wurden. Jetzt wirken sie wie Tabakfetzen, braun und krümelig und feucht.

Darunter befinden sich sicher der zerbrochene Lauf einer Pistole und ein Kästchen Austernschalen. Dort gibt es bestimmt ein Lehmrohr und eine Billardkugel und ein Bündel vergessener Kleider. Das Ende einer Identität, der Beginn einer anderen.

Erklärungen versickern. Die Geschichte ist das Museum eines Wahnsinnigen. Ich glaube, ich weiß es. Ich glaube, ich verstehe, aber das alles ist den Gezeiten unterworfen.

Nacht. Der Bildschirm schläft, aber ich kann nicht schlafen. Ich nehme meinen Mantel, gehe aus der Tür und laufe hinunter zur Themse.
Es wird Flut sein.

Inmitten des Flusses sehe ich ein Leuchten. Ich glaube, ich kann es erreichen, vorbei an dem Krankenhausbett ohne seine Gummiräder, vorbei an der Seemannskiste mit den ungeöffneten Vorhängeschlössern. Vorbei am Kinderbettchen und der Armladung Biergläser. Da bin ich, bahne mir einen Weg durch das Pommes frites-Papier und die grinsenden Glasscherben. Da bin ich, wate hinaus ins Wasser, viel zu weit hinaus.
Das Licht ist da, aber es scheint nicht nach unten, es scheint nach oben. Es ist in dem Schlick, im Rot des Flusses und bildet einen senkrechten Strahl vom Grund bis zur Wasseroberfläche.
Dies ist ein schmutziger Fluss. Jahrhunderte sind hineingepumpt worden. Dies ist die Vergangenheit, durch die Zeit hindurchgepumpt und zur See hinausgetragen. Mammuts haben früher von den seichten Sandbänken aus getrunken. Dies ist ein römischer Fluss, ein elisabethanischer Fluss. Dies ist der Weg zum Millennium Dome.
Ich tauchte meine Hände ins Wasser. Flüssige Zeit.
Und ich dachte: Geh nach Hause und schreibe die Geschichte noch einmal. Höre nicht auf, sie zu schreiben, denn eines Tages wird sie sie lesen.
Du kannst die Geschichte verändern. Du bist die Geschichte.

Keine Datumsgrenze, kein Meridian, keine gasbefeuerten Sterne, kein Planetentransit, keine Umlaufbahn der Erde und keine rote Galaxie der Sonne erzählen hier von der Zeit. Die Liebe ist die Hüterin der Uhren.

Ich nahm meine Uhr und ließ sie ins Wasser fallen.

Übergib sie der Zeit.

Dein Gesicht, deine Hände, die Bewegungen deines Körpers …

Dein Körper ist mein Stundenbuch.

Öffne es. Lies es.

Dies ist die wahre Geschichte der Welt.

Jeanette Winterson

Orangen sind nicht die einzige Frucht

Roman · Aus dem Englischen von Brigitte Walitzek

Die bizarre Geschichte einer Kindheit und Jugend in England. Jeanette wächst bei Stiefeltern auf, die der religiösen Pfingstbewegung angehören. Sie wurde von der Mutter als »Auserwählte« adoptiert, um ihr im Kampf gegen den feindlichen Rest der Welt beizustehen. Nur langsam kann sich Jeanette aus der spießigen und bigotten Welt, aus der erstickenden Atmosphäre des Elternhauses befreien.

»Nur in einem kleinen Verlag erschien Jeanette Wintersons Debütroman Mitte der achtziger Jahre in England. Und machte gleichwohl Furore: Die Autorin erhielt den begehrten Whitbread-Preis für den besten Erstling der Saison, und die BBC entdeckte in Orangen sind nicht die einzige Frucht *den Stoff für eine Fernsehserie, die dann auch mit großem Erfolg ausgestrahlt wurde. Jeanette Winterson war über Nacht zum Star der englischen Literaturszene geworden.«* Frankfurter Allgemeine Zeitung

Berliner Taschenbuch Verlag

Jeanette Winterson

Verlangen

Roman · Aus dem Englischen von Bettina Runge

Jeanette Wintersons Roman erzählt von Liebe, Verlangen und Leidenschaft zu Napoleons Zeiten. Henri vergöttert Napoleon, wendet sich aber schließlich zutiefst enttäuscht von seinem Idol ab. Zur selben Zeit durchstreift die schöne Villanelle mit ihrem Boot die Kanäle von Venedig. Sie verkleidet sich als Mann und verliebt sich in eine Frau, an die sie ihr Herz verliert. Als Henri und Villanelle sich begegnen, verspricht er, ihr Herz zurückzugewinnen.

»*Das Buch besitzt eine Bannkraft, erzeugt von einer Mischung aus phantastischen, philosophischen und meist sehr poetischen Elementen. Über den Wörtern, die vom Verlangen sprechen, liegt der verführerisch matte Schimmer leiser Melancholie.*« Die Zeit

Berliner Taschenbuch Verlag